Herzsprung
Verlag

Impressum:

Besuchen Sie uns im Internet:
www.papierfresserchen.de

Herausgegeben von CAT creativ - www.cat-creativ.at
Lektorat und Gestaltung

im Auftrag von

© **2024 – Herzsprung-Verlag**
Mühlstraße 10 – 88085 Langenargen
info@herzsprung-verlag.de
Alle Rechte vorbehalten.
Erstauflage 2024

Cover erstellt von Papierfresserchens MTM-Verlag
unter Verwendung von Bilder von © e55evu
und © simbos (Adobe Stock lizenziert)

Reisen Sie mit uns in das Sehnsuchtsland Italien und erleben immer wieder
neue „Un Amore Italiano – Geschichten einer Liebe in Italien."

Gedruckt in Polen

ISBN: 978-3-99051-153-4 - Taschenbuch
ISBN: 978-3-99051-154-1 - E-Book

Un Amore Italiano

Elba – Verbannung und Leidenschaft

Italienische Liebesgeschichten – Band 9

Herausgegeben von
Martina Meier

Herzsprung-Verlag

Un Amore Italiano

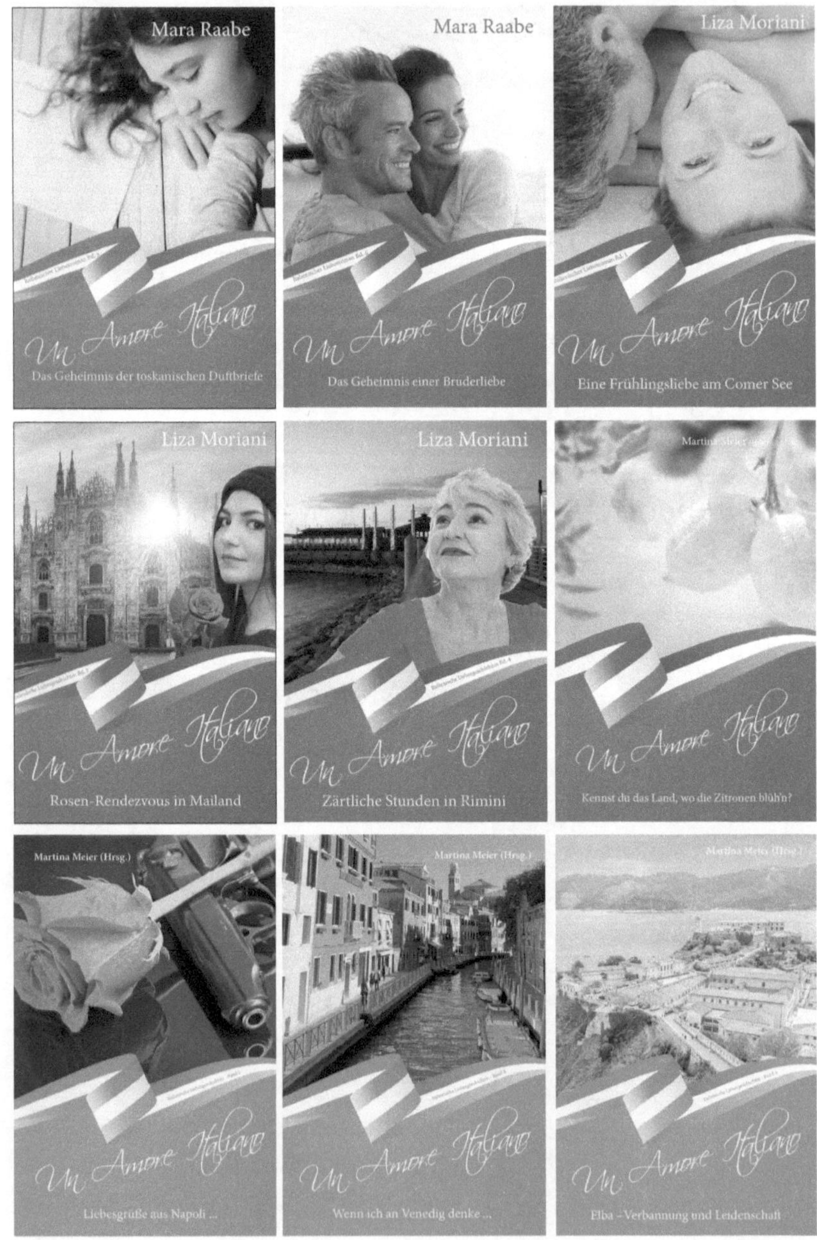

Inhalt

... und demnächst in dieser Reihe:

Un Amore Italiano - Rom sehen ... und sterben

Sie ist die „Ewige Stadt", das Herz Italiens, der Sehnsuchtsort schlechthin ... und eine Stadt, die so viele Geheimnisse birgt. Wir spüren der Leidenschaft, ja, der Liebe in Rom nach. Suchen die Sünde und das Verbrechen. Hinter den Mauern des Vatikans oder in den verstecktesten Winkeln der römischen Katakomben. Wir tauchen ab in die Geschichte einer Stadt, die so unglaublich ist, dass sie in Sagen festgehalten wird. Wir schleichen durch die Gassen, betreten verbotene Orte, kehren ein in zwielichtige Lokale und lassen den unvergleichlichen Charme der italienischen Männer und Frauen auf uns wirken. Bis zum letzten Augenblick ...

Unsere Heldinnen und Helden der bisher erschienenen Bücher dieser Reihe haben bereits in Neapel oder Venedig, in Mailand und Rimini geliebt, gemordet oder einfach nur schöne Stunden verbracht. Nun sind sie in Rom unterwegs ...

Einsendeschluss ist am 15. Januar 2025. Das Buch erscheint im Frühjahr 2025.

Autorinnen + Autoren

Beccy Charlatan

Bettina Schneider

Christa Blenk

Dörte Müller

Hannelore Futschek

Julia Kohlbach

Juliane Barth

Kay Pohlmann

Luna Day

Oliver Fahn

Pamela Murtas

Patrizia Melere

Selma Ruß

Vanessa Boecking

Volker Liebelt

Wolfgang Rödig

Das Flüstern der Weinreben

Giulia, eine aufstrebende junge Künstlerin aus Rom, war bekannt für ihre lebendigen, gefühlvollen Gemälde, die das Leben in all seiner Schönheit und Komplexität einfingen. Doch die ständige Betriebsamkeit der Kunstwelt in der Hauptstadt wurde ihr zu viel und sie sehnte sich nach neuen Inspirationsquellen. Um ihrer Kreativität neuen Schwung zu geben, machte sie sich auf den Weg nach Elba, eine Insel berühmt für ihre atemberaubenden Landschaften und beruhigende Atmosphäre. Giulia hoffte, dass Elbas unberührte Natur und reiche Geschichte ihrer Kunst frische Impulse verleihen würden, die ihr in Rom fehlten.

Kaum auf Elba angekommen, war sie sofort von der malerischen Schönheit der Insel verzaubert. Sie verbrachte ihre Tage damit, die Natur zu erkunden, wanderte über sanfte Hügel und durch üppige Weinberge, besuchte verträumte Küstendörfer mit ihren bunt gestrichenen Häusern. Jede Szene, die sie entdeckte, schien wie ein noch ungemaltes Meisterwerk, das nur darauf wartete, auf ihrer Leinwand festgehalten zu werden.

An einem sonnigen Nachmittag besuchte sie den lokalen Markt in einem der charmanten Dörfer Elbas. Sie schlenderte zwischen den Ständen umher, bewunderte handgefertigte Keramik und ließ sich vom lebhaften Treiben und den Gesprächen der Einheimischen mitreißen.

Ein Stand, der unter der bunten Vielfalt an frischen Früchten und Gemüse fast zu bersten schien, zog ihren Blick auf sich. Dahinter stand ein Mann, der lebhaft mit einem Kunden über die Qualität seiner Waren diskutierte.

„Diese Aprikosen sehen ja fantastisch aus!", sagte Giulia, als der Kunde gegangen war. „Sind die aus Ihrem Garten?"

„Ja, die wachsen alle auf meinem Land. Dieses Jahr sind sie besonders süß. Wollen Sie mal probieren?", bot der Mann hinter dem Stand freundlich an.

„Die sind wirklich lecker!", freute sich Giulia, nachdem sie eine

Aprikose gegessen hatte. „Ich bin übrigens Giulia, eine Künstlerin aus Rom.“

„Schön, Sie kennenzulernen, Giulia. Ich bin Matteo. Ich kümmere mich hier um die Weinberge und den Garten. Was führt Sie denn von Rom nach Elba?“

„Ich suche nach Inspiration“, erklärte Giulia. „Rom ist wunderbar, aber manchmal brauche ich eine Pause von der Stadt, um neue Ideen zu sammeln. Elba hat etwas Magisches, es ist wie ein fantasievolles Bild.“

„Ja, unsere Insel hat schon viele Künstler inspiriert. Wie gefällt es Ihnen bis jetzt?“, fragte Matteo neugierig.

„Es ist traumhaft hier“, antwortete Giulia. „Jeder Winkel, jeder Sonnenuntergang, alles scheint zum Malen einzuladen. Ich würde aber auch gerne mehr über die hiesige Kultur, über die Leute und ihre Geschichten erfahren.“

„Wenn Sie wollen, kann ich Ihnen einiges über unseren Weinbau erzählen“, schlug Matteo vor. „Vielleicht motiviert Sie das ja für ein neues Projekt. Möchten Sie die Weinberge mal besuchen?“

„Das wäre großartig!“, sagte Giulia begeistert. „Ich würde sehr gerne mehr über Ihre Arbeit lernen und die Weinberge sehen. Es muss toll sein, so nah an der Natur zu arbeiten.“

„Das ist es wirklich“, stimmte Matteo lächelnd zu. „Es ist harte Arbeit, aber es lohnt sich. Wie wäre es morgen? Ich zeige Ihnen gerne alles.“

„Das wäre wunderbar, ich freue mich darauf“, lächelte Giulia.

„Super, dann bis morgen. Hier, nehmen Sie noch ein paar Aprikosen mit, aufs Haus. Als Vorgeschmack auf die Weinberge“, sagte Matteo und gab ihr eine Tüte mit den kleinen, goldenen Früchten.

„Danke, Matteo! Bis morgen!“, verabschiedete sich Giulia, während sie die Tüte entgegennahm.

Am nächsten Morgen, als die ersten Sonnenstrahlen Elba in ein strahlendes Licht hüllten, traf Giulia auf Matteo. Es war noch früh, aber die Insel begann bereits zu erwachen. Matteos warmes Lächeln ließ Giulias anfängliche Nervosität gleich verschwinden.

Gemeinsam machten sie sich auf den Weg zu den Weinbergen. Die sanften Hügel, die sich vor ihnen ausbreiteten, funkelten im Morgentau, und die Rebstöcke standen in voller Pracht. Das Grün der Blätter glänzte im Sonnenlicht und der Duft reifer Trauben vermischte sich mit dem erdigen Aroma des Bodens, was die Luft mit einer erfrischenden Lebendigkeit erfüllte.

„Willkommen in meiner Welt", sagte Matteo, als sie die Weinberge erreichten. „Hier wachsen nicht nur Trauben, sondern auch Träume."

Giulia sah sich staunend um. „Es ist so wunderschön hier", antwortete sie. „Die Farben, das Licht ... es ist alles so inspirierend."

Während sie durch die Reihen der Reben schlenderten, sprach Matteo über die verschiedenen Traubensorten und wie das Klima und die Bodenbeschaffenheit sie beeinflussten.

„Jede Traube erzählt ihre eigene Geschichte", erklärte er. „Sehen Sie, wie die Blätter das Licht einfangen? Das trägt zur Süße der Trauben bei."

„Ich hätte nie gedacht, dass Weinbau so künstlerisch sein kann. In meiner Welt dreht sich alles um Pinsel und Leinwand, aber hier ...", dachte Giulia laut nach.

„Ja, es ist eine andere Art von Kunst", stimmte Matteo zu. „Aber ähnlich wie bei Ihrer Malerei braucht es auch hier viel Leidenschaft und Geduld."

Giulia hielt inne, zog ihre Skizzenmappe heraus und begann, einige Szenen zu zeichnen. „Ich versuche, das Wesen dieser Landschaft einzufangen. Wie das Licht die Reben umspielt, die Tiefe der Farben ..."

Matteo schaute ihr beim Zeichnen zu. „Das ist wirklich beeindruckend. Ich habe meine Weinberge noch nie aus dieser Perspektive betrachtet. Sie bringen sie auf eine ganz besondere Art und Weise zum Leben."

„Und Sie haben mir gezeigt, wie lebendig und voller Charakter jeder Fleck dieser Erde sein kann", sagte Giulia.

Während sie weiter durch die Weinberge gingen, lächelte Matteo und fühlte sich geehrt, dass sein alltäglicher Arbeitsplatz eine so große Inspirationsquelle für Giulia war.

In den Tagen nach ihrem ersten Ausflug in die Weinberge mit Matteo nutzte Giulia jede Chance, um Elbas Schönheiten zu erkunden und auf der Leinwand festzuhalten. Die Insel war ein Schatzkästchen voller Motive – von den glitzernden, goldenen Stränden bis zu den verwinkelten, alten Gassen in den Dörfern, die zu flüstern schienen, als wären sie voller alter Geschichten.

Eines sonnigen Nachmittags, als Giulia gerade an einem Gemälde eines alten Olivenbaums malte, kam Matteo vorbei. Er hatte eine Flasche Wein dabei, gekeltert aus den besten Trauben seiner Weinberge. Während sie über Kunst, Wein, das Leben in Rom und den ruhigen Alltag auf Elba sprachen, spürte Giulia, wie sie sich immer mehr verbunden fühlten. Jedes Lachen, jedes Gespräch brachte sie einander näher.

In den folgenden Tagen trafen sie sich häufiger. Matteo zeigte Giulia versteckte Schönheiten der Insel – kleine Buchten und alte Ruinen, die von Elbas reicher Geschichte erzählten. Jeder dieser Orte gab Giulias Bildern neue Farben, jede von Matteo erzählte Geschichte verlieh ihnen Tiefe.

Eines Abends, beim Sonnenuntergang über den Weinbergen, brach Giulia die Stille. „Ich hätte nie gedacht, dass ich an einem Ort so viel Ruhe und gleichzeitig so viel Leidenschaft finden könnte", gab sie zu.

Matteo sah sie an, seine Augen glänzten im letzten Licht der Sonne. „Manchmal findet uns die Leidenschaft, wenn wir sie am wenigsten erwarten", sagte er leise.

Nach diesen Worten beugte er sich zu Giulia hinüber und küsste sie. Giulia, überrascht von der Geste, zögerte nur einen Moment, bevor sie seinen Kuss erwiderte. Ihre Lippen trafen sich in einer sanften, aber leidenschaftlichen Berührung, die ihre gegenseitige Sehnsucht und Zuneigung widerspiegelte.

Tag für Tag wuchs ihre Bindung. Sie genossen gemeinsame Entdeckungen und tiefgründige Gespräche. Ihre Zeit auf Elba war geprägt von unbeschwerter Leichtigkeit und einem gegenseitigen Verständnis, das beide so kaum erlebt hatten. Doch diese harmonischen Tage waren nicht von Dauer.

Eines Abends sah Giulia Matteo zufällig in einem lokalen Café, vertieft in ein Gespräch mit einer ihr unbekannten, jungen Frau. Ihr vertrautes Lachen und ihre offensichtliche Nähe lösten in Giulia Eifersucht und Verunsicherung aus. Verwirrt und verletzt beschloss sie, das Café sofort zu verlassen, ohne Matteo zur Rede zu stellen.

In den nächsten Tagen durchlebte Giulia eine emotionale Achterbahnfahrt. Sie kämpfte mit ihrem Stolz und der Angst, verletzt zu werden. Das Bild von Matteo mit der anderen Frau verfolgte sie und ließ sie zweifeln. Letztendlich kam sie zu dem schmerzhaften

Schluss, dass ihre Gefühle für Matteo vielleicht einseitig waren. Sie beschloss, Elba zu verlassen und nach Rom zurückzukehren.

Am Tag ihrer Abreise ging Giulia ein letztes Mal zu den Weinbergen, die sie so inspiriert hatten, doch nun empfand sie nur noch ein Gefühl des Verlustes. Matteo, der von ihrer geplanten Abreise erfahren hatte, eilte in der Hoffnung, sie aufzuklären und zu erreichen, zu den Weinbergen. Überrascht sah Giulia ihn an.

„Giulia, warum gehst du weg? Warum ohne Abschied?", fragte Matteo.

„Ich dachte, es wäre besser so", antwortete sie leise. „Ich sah dich mit dieser Frau und ..."

„Mit Chiara?", fiel Matteo ihr ins Wort. „Sie ist nur eine alte Freundin. Giulia, du bedeutest mir alles."

Giulias Herz schlug schneller bei seinen Worten, doch das Missverständnis hatte bereits Spuren hinterlassen. Sie konnte die Verletzung nicht so einfach abschütteln. „Ich weiß nicht, Matteo", sagte sie zögernd. „Ich dachte, wir hätten etwas Besonderes, aber dann ..."

Matteo versuchte, seine Gefühle zu erklären, aber für Giulia war die Situation in diesem Moment zu verfahren. Tief in sich spürte sie, dass es besser wäre, zu gehen.

Sie kehrte mit schwerem Herzen in ihr Hotelzimmer zurück. Was einst ein friedlicher Zufluchtsort war, wirkte nun kalt und leer – ein trauriges Symbol für das Ende ihrer Zeit auf Elba. Sie öffnete ihren Koffer und begann zu packen. Mit jedem gefalteten Kleidungsstück und jedem verpackten Pinsel stiegen Zweifel in ihr auf. Hatte sie zu voreilig gehandelt, Elba und Matteo so überstürzt verlassen, obwohl er alles erklärt hatte?

Mit jedem Schritt aus ihrem Hotelzimmer spürte sie das Gewicht ihrer Entscheidung. Sie nahm ein Taxi zum Flughafen. Draußen zog Elbas Landschaft an ihr vorbei, während sie sich nicht von den Gedanken an Matteo lösen konnte. Sein Lächeln, ihre Gespräche. Vielleicht ließ sie gerade die wahre Liebe hinter sich, aus Angst, verletzt zu werden.

Am Flughafen angekommen, checkte Giulia ein und gab ihr Gepäck auf. Dann wurde der Flug zum Boarding aufgerufen, und ihre Gedanken wurden unterbrochen. Sie stand auf, innerlich zerrissen zwischen Vernunft und Herzenswunsch. Jeder Schritt zum Flugzeug verstärkte ihr Bewusstsein, dass sie immer einen Teil von sich auf

Elba zurücklassen würde – Matteo und die Insel hatten unauslöschliche Spuren hinterlassen.

In diesem Moment hörte sie ihren Namen über den Lautsprecher. „Passagier Giulia Rossi wird gebeten, sich sofort am Informationsschalter zu melden."

Verwirrt und leicht beunruhigt machte sich Giulia auf den Weg zum Schalter. Was konnte so dringend sein? Als sie um die Ecke kam, stockte ihr der Atem. Da stand Matteo, einen großen Strauß roter Rosen haltend, mit einem Blick voller Sorge und Hoffnung.

„Matteo, was tust du hier?", stammelte sie überrascht.

„Ich musste dich sehen, bevor du Elba verlässt", erklärte er. „Ich konnte nicht zulassen, dass du gehst, ohne dir meine wahren Gefühle zu offenbaren."

Giulia war sprachlos. Die Rosen in Matteos Hand und sein ernster Blick ließen erahnen, was er als Nächstes sagen würde.

„Das mit Chiara war ein Missverständnis, Giulia. Ich liebe dich. Ich konnte dich nicht einfach gehen lassen, ohne dir das zu sagen. Bitte bleib."

Überwältigt von seinen Worten und der Aufrichtigkeit in seinen Augen spürte Giulia, wie ihr Herz sich mit Wärme und Hoffnung füllte. Ohne ein Wort zu sagen, nahm sie die Rosen und legte ihre Hand in seine. In diesem Moment wurde ihr klar, dass sie einen Fehler gemacht hatte, als sie beschloss, Elba zu verlassen.

Gemeinsam verließen sie das Flughafengebäude und traten ins Abendlicht hinaus, bereit, ein neues Kapitel ihres Lebens zu beginnen. Ein Kapitel, das geprägt sein würde von Liebe, Verständnis und einer tiefen Verbindung, die beinahe durch ein Missverständnis verloren gegangen wäre.

__Volker Liebelt,__ geboren 1966, lebt in dem malerischen Öhringen, einer Stadt, die sowohl seine Inspiration als auch sein Zuhause ist. Sein Schreibstil zeichnet sich durch die Fähigkeit aus, lebendige Bilder und tiefgehende Emotionen zu erzeugen, die die Leser unmittelbar in die Handlung eintauchen lassen. In seiner aktuellen Erzählung verwebt er die Schönheit der Landschaft mit der Komplexität zwischenmenschlicher Beziehungen, um eine fesselnde Geschichte voller Emotionen und atmosphärischer Beschreibungen zu schaffen.

Du sitzt in Köln und ich bin hier

Nach langer Fahrt durch Raum und Zeit
bin ich nun angekommen.
Noch schwirrt mein Kopf, der Rücken schmerzt,
doch ich bin schon geschwommen!

Türkis das Meer, die Luft so klar,
ich kann es gar nicht fassen!
Hier bin ich nun und trinke Wein,
Kaffee aus kleinen Tassen.

Die Sonne bald im Meer versinkt,
die Grillen zirpen leise.
Der Duft nach Beeren in der Luft.
Was für eine Reise!

Mücken schwirren hin und her,
das Haar zerzaust vom Wind.
Die Haut ist rot und pellt sich schon,
zu jucken sie beginnt!

Doch das ist alles so egal
Hauptsache ich bin hier!
Du sitzt in Köln und nörgelst rum
Was soll ich noch bei dir?

__Dörte Müller,__ geboren 1967, lebt und arbeitet im Rheinland. Sie unterrichtet Englisch, Deutsch und Kunst und schreibt Kinderbücher. Italien ist eines ihrer Lieblingsreiseländer.

Strandfieber auf der Sonneninsel

An einem beinahe wolkenlosen Nachmittag Ende August aalte sich Pedro im Tageslicht der Bucht zu Fetovaia im Südwesten der Insel Elba. Die Hitze sengte Sämtliches abseits der Schattenflächen unter den Sonnenschirmen. Vollgestopft von Touristen aus aller Herrenländer war der von Ramona kürzlich getrennte Pedro Teil der Strandkulisse. So frei wie die Boote, die auf dem Meer tuckerten, nur musste er sich an seine zurückerrungene Unabhängigkeit erst wieder gewöhnen. Pedro kannte die Kulisse von Elbas Stränden bislang lediglich aus bildreichen Urlaubsprospekten und von Fototapeten, die Originalansicht war tatsächlich noch viel herrlicher.

Zu den traditionellen Fahrten nach Apulien mit Ramona musste nun ein Kontrast her. Nie mehr auf ausgetrampelten Wegen wandeln. Der Vergangenheit mit seiner Ex wollte er fortan unbedingt abschwören. Am Beginn seines Soloerholungstrips vermisste er Ramona deutlich mehr als bloß ein bisschen. Nicht zuletzt fürchtete er den Verlust der von Ramona geschaffenen, ihm so notwendigen Strukturen.

Ausgestreckt auf seinem Badetuch, den Geruch von Sonnencreme in der Nase, eine Flasche Bier auf dem Abstelltisch jederzeit griffbereit … Man sieht, Pedro verfügte über Strategien, seine Ängste zu dimmen.

Nachdem er einige der mitgebrachten Flaschen des Hopfengebräus geleert hatte, ein wenig angeschickert war, stand er auf, schwebte förmlich auf seinen mageren Stelzen durch die Sonnenschirmreihen, voll des Selbstvertrauens, mit unverbindlich schweifenden Blicken, die an der einen oder anderen durchaus attraktiven Dame etwas verbindlicher wurden und manchmal geradezu in deren Augen ankerten.

Ob sein Vertrauensvorschuss an die anderen Besucher gerechtfertigt war, ob sein nun unbeaufsichtigtes Badetuch nachher noch daläge? Solche Fragen stellten sich ihm, während er seinen Körper schwachstellenkompensierend anzuspannen versuchte und in der

Pose eines Aushilfsadonis zu den sanft am Sand leckenden Wellen hinstrebte. Die feinen Körnchen hatten sich mit Hitze aufgeladen wie Herdplatten. Pedros Sohlen glühten auf dem Insel-Laufsteg. Wie gut ihm das Wasser tat, das seine Beine bald umspülte.

Nur gelegentlich noch drehte er sich um: zur reinen Versicherung, wie weit er die Uferlinie bereits zurückgelassen hatte. Der Pegel mittlerweile bis zu seinen Schultern, schnupperte er am salzigen Nass, inhalierte das hiesige Lebensgefühl. Hie und da schwammen einige Athleten mit anmutigen Bewegungen, paddelten Luftmatratzeninhaber mit seitlich heruntergelassenen Armen – und es flog auch da und dort ein Ball von Mann zu Frau und dann wieder umgekehrt mit dem zugehörigen Juchzen, dem Ausdruck einer ersprießlichen Laune, die das Zuwerfen bescherte.

In den Himmel gepflanzt, glitten einige majestätische Vögel, für die Pedro keine Namen fand. Während er der Masse jener Flugtiere zu ihrer Erhabenheit beglückwünschte, roch er ein Pärchen in verdächtiger Nähe, vermutlich der Vanillefilm ihrer zuvor aufgetragenen Lotion. Pedro sog das Aroma, grübelte über die Motive des mangelnden Abstandes, der ihm nicht direkt unangenehm war, aber doch Fragen aufwarf. Pedro stellten sich die Härchen auf, zwischenzeitlich tauchte er ab, bis sein Puls dann fühlbar pochte, als wolle sein Herz den Brustkasten sprengen. Dunkle Bäume mit mächtigen Kronen in gebührendem Abstand zum Strand verhüteten allzu starken Wind, jedoch nicht Pedros jähes Entsetzen.

Er schrie auf. Kein Fisch, der mit seinen aufsehenerregenden Ausmaßen gegen Pedros Waden anschwamm, es war … es war ein erwachsenes Mädchen, das sich aufgerichteten Hauptes mit überraschend voluminöser Stimme an ihn wandte: „Es tut mir leid. Es war keine Absicht. Ich bin übrigens Daria." Ihre fast schwarzen Locken waren gänzlich vom Wasser verschont geblieben.

Darias markante Wangenknochen ließen Pedro sofort eine slawische Abstammung erkennen. Er entwickelte eine spontane Sehnsucht nach ihren kirschroten Lippen, die gewiss den Geschmack mit der Steinfrucht gemein hätten. Darias Alter durfte ungefähr im breiten Korridor von 25 und 40 Jahren liegen. Als Pedro seine Bewunderung ihrer Schönheit in aushaltbare Dimensionen gezwängt hatte, entgegnete er: „Nicht schlimm, es hat nicht wehgetan. Ich heiße Pedro. Wie war gleich noch mal dein Name?"

Darias Begleiter war mit einem kolossalen Nacken ausgestattet, seine düsteren Blicke heftete er an Pedro. Obwohl der Begleiter sich dezent in Darias Hintergrund hielt, schien dieser Hintergrund nur eine Tarnung, um Pedro ungestört beobachten zu können. Was Pedro tat, sagte und dachte, mochte Darias Gefährte überdenken. Daria hatte ein offensichtlich gesundes Gebiss. Ihre Zähne blitzten auf, sobald sie zu sprechen anfing.

Ohne Blickkontakt mit Pedro wiederholte sie: „Daria ist mein Name. D-a-r-i-a. Der Name ist dir unbekannt, nicht wahr? Woher solltest du ihn denn auch kennen? Viele Italiener runzeln die Stirn, wenn ich ihnen meinen Namen sage."

Gleich der Morgendämmerung, die in die Nacht einbricht, überstrahlte das heitere Gemüt Darias die ernste Miene ihres Begleiters. Auch wenn sie sich inzwischen in beträchtlicher Distanz zum Ufer befanden, war Pedro bewusst, wie unverhältnismäßig seine Befürchtung war, Darias Freund würde ihn aus möglicher Eifersucht tauchen. Und doch blieb er wachsam und wollte durch seine verhuschten Blicke auf Daria aus den Augenwinkeln wenig Angriffsfläche bieten.

Nach geraumer Zeit des Schweigens machte Pedro eine beiläufige Kopfbewegung, woraufhin Daria anstandslos folgte und ihr Begleiter nachzog. Ohne vorige Absprache schwammen sie zusammen den tieferen Teil der Strecke, dann staksten sie durch die fortlaufend seichteren Gebiete so lange, bis sie endlich das Ufer erreichten und Daria Pedros Rücken besprenkelte. Ihrem Begleiter war das Anlass, sich zu räuspern.

Vernahm Pedro dabei ein leises Knurren, eine Vorwarnung, die eben solche scharfen Hunde aussenden? Pedro torkelte nach dem Übergang vom Wasser ans Land. Mit dem Alkohol hatte das nichts mehr zu tun. Der war längst verstoffwechselt. Darias Begleiter reichte Pedro unvermittelt seine Hand. Pedro ergriff sie mit dem Druck, mit dem man langjährige Freunde begrüßt.

„Ich bin Vitali."

„Vitali … Ihr stammt von hier?", fragte Pedro.

„Nein, nein, ursprünglich nicht", antwortete Vitali.

Pedro widmete sich Darias zierlicher Gestalt, ihrem bleichen Teint, dieser für ihren Frauentyp stimmigen Blässe. Er entdeckte auf ihrem Schulterblatt kyrillische Buchstaben, eine laienhaft angefertigte Tätowierung. Vertuschten jene Schriftzeichen etwa eine Narbe, die von einer Schnittverletzung herrührte? War Vitali eine Bestie, die Daria infolge einer Zwistigkeit ein Messer hineingerammt hatte? Wenn das nicht Mahnung genug war! Sein Empfinden betrog Pedro also nicht, der Bursche war heimtückisch und mit Vorsicht zu genießen. Auch Vitalis Gegendruck beim Handschlag war streng genommen von der Herzlichkeit einer Schaufensterpuppe.

Pedro fasste all seinen Mut. Entschieden rannte er voran, schlängelte sich durch den Sonnenschirmparcours und konstatierte zu seiner nicht geringen Verwunderung, dass sein Badetuch noch niemand eingeheimst hatte.

„Direkt neben dir liegen wir. Welch ein Zufall!“, frohlockte Daria hinter Pedro und machte dazu eine ausladende Geste, die ihm entging.

„Wolltest du dich nicht umziehen und schminken fürs Kino heute Abend?“, fragte Vitali.

Abrupt fuhr Pedro ihm in die Parade: „Wenn ihr noch bleibt, spendiere ich euch einen Cocktail oder gerne auch zwei … Was ist das für eine fantastische Location!“ Und auf Verdacht, ohne zu wissen, ob es eine solche wirklich gäbe, schickte er hinterher: „Hättet ihr was dagegen, wenn wir die Bar aufsuchen?“

„Du musst wissen, mein Bruder ist immer in Eile.“

Vitali war Darias Bruder?

Pedro faltete die Stirn und kratzte sich am Kinn. Daria ergänzte: „Er möchte mich erziehen, die Rolle hat er von Vater übernommen, er wird sie nicht loswerden, in dem Leben nicht mehr.“

Vitali, dieser bärtige Bär, kämpfte mit einem Mal gegen Tränen an und weinte nach kurzer Verzögerung dann ohne Unterlass.

Von Strandgästen umringt, nahm Daria ihren Bruder in die Arme. Wie sie diesen Riesen tröstete und wie es ihn dabei schüttelte … Pedro fror urplötzlich, er zitterte. Keine Sekunde länger konnte Pedro die Tragödie aushalten. Er erhob seine linke Hand, winkte den Geschwistern und sagte dazu mit stockender Stimme: „Na dann. Ich muss leider aufbrechen. Nichts für ungut … lebt wohl.“

Vitali sah aus geröteten, verquollenen Augen nach Pedro, der trotz seiner großspurigen Ankündigung steinern verharrte.

Eine Weile schwieg Vitali.

Dann meinte er in einem Ton, der auf Pedro im Nachgang der

Ruhe kräftig wirkte: „Dein Dialekt klingt verdammt schwäbisch."
„Du hast es erraten, ich komme aus Stuttgart ... Ich bin ein wasch-echter Schwabe, Vitali."

„Du wirst es mir nicht glauben, für eine kurze Dauer habe ich in Tübingen gewohnt."

„Ihr kommt gar nicht aus einem slawischen Land?"

„Unsere Eltern kommen aus Charkow, wir aber sind in Piombino geboren, bei Siena aufgewachsen. In Deutschland, Österreich und der Schweiz sind wir herumgekommen, in der restlichen Welt nicht, wir kennen selbst die Ukraine nur aus Erzählungen und von Bildern." Vitali lachte bitter und trottete dann zur Bar. Vor dem Ausschank hatte sich eine Schlange gebildet, er kam kaum voran.

In Vitalis Abwesenheit taute Pedro regelrecht auf: „Über die Insel weiß ich nicht viel, im Grunde weiß ich von ihr überhaupt nichts."

„Wenn du willst, fahren wir zu meiner Wohnung. Bis dorthin ist es eine Meile. Von meiner Wohnung aus ist es aber nur noch ein Katzensprung bis ins Zentrum von Portoferraio. Und denk dran, der Abend ist noch jung."

„Das würdest du für mich machen, du würdest mir die City zeigen, echt jetzt? Und deinen Bruder, lässt du ihn daheim?"

„Dachtest du, Vitali wohnt bei mir? Wir treffen uns eben ab und an, immerhin sind wir Geschwister."

„Was soll ich sagen ... Dein Angebot ist phänomenal, Daria. Nachher hauen wir auf die Pauke!"

Bevor Vitali am Horizont zutage trat, zog Daria Pedro zu sich heran und küsste ihn – wenn auch nur zögerlich – auf seine Wange. Wie ein schreckhaftes Reh spähte Pedro auf Darias Überfall hin nach dem Jäger Vitali. Diebisch streichelte er über ihr Haar, bange, Vitali könnte seine Zärtlichkeit registrieren.

Vitali erschien als vages Schema in der Ferne. Mit welcher Sorte Drinks er beladen war, konnten sie sich bald darauf erschließen.

War die Küste Elbas der vollendete Streifen an Lebensqualität, weil Pedro in Daria augenblicklich die perfekte Frau zu erkennen meinte? Zu seiner eigenen Verblüffung beförderte seine Daria-Verehrung Gewissensbisse gegenüber Ramona. Die laue Brise hatte sie inzwischen allesamt getrocknet. In den milden Luftstrom hinein raunte der zurückgekommene Vitali: „Wie ich sehe, kommt ihr ohne mich zurecht. Nun geht. Ich werde noch ein wenig bleiben."

„Auf Wiedersehen, Vitali", sagte Pedro, indem er Darias Bruder wie selbstverständlich mit den vollen Gläsern in seinen Händen stehen ließ.

„Pass bitte gut auf meine Schwester auf."

Daria entfernte sich in langsamer Geschwindigkeit von Vitali. Sie diktierte Pedro ein ebensolches, gedrosseltes Tempo. Vitali schaute ihnen – wie eingemauert an Ort und Stelle – hinterher. Wäre Daria zukünftig Pedros Taktgeberin, so wie Ramona vormals sein Metronom gewesen war, wenn er bei Spaziergängen seine Schritte immerzu ihren anpasste?

Vitali dachte an seine verstorbenen Eltern. Nicht einmal sie wussten, wie die einstige Tänzerin Daria von ihrem ehemaligen Verlobten, dem Inhaber eines Inselklubs, zugerichtet worden war. Niemand wusste es außer Vitali. Wer garantierte ihm eine erbaulichere Zukunft für Daria? Pedro schlang nun den Arm um Vitalis einzige Schwester. Hätte er nur ahnen können, wie beträchtlich Pedro damit haderte, dass mit Daria vermutlich alles in ähnlichen Bahnen verlaufen würde wie früher mit Ramona …

Oliver Fahn wurde 1980 im oberbayerischen Pfaffenhofen an der Ilm geboren. Der verheiratete Heilerziehungspfleger und ehemalige Langstreckenläufer ist stolzer Vater zweier Jungs. Schreiben ist für ihn die beste Strategie, um Dinge zu ordnen und zu verarbeiten, die im oft so chaotischen Leben geschehen. Fahn verfasst regelmäßig Beiträge für Kulturmagazine und Anthologien. Unter anderem wurden seine Texte kürzlich bei Poets of the New World, experimenta, etcetera, von der Stadt St. Pölten und der Friedrich-Naumann-Stiftung veröffentlicht.

Der Liebesknoten

Meine Freundin Julia und ich verlassen traurig den Friedhof. Immer noch kullern uns Tränen über die Wangen, die der stürmische Herbstwind aber sofort trocknet. Wir sprechen kein Wort, sondern gehen stumm nebeneinander her.

Ich habe meine Eltern schon vor Jahren bei einem Autounfall verloren. Nun war es Julias Mutter, die wir beerdigen mussten. Sie war für mich fast zu einer Ersatzmutter geworden, denn ich verbrachte sehr viel Zeit mit ihr und ihrer Tochter, wenn ich nicht gerade bei meiner Oma war, die mich aufzog, aber ebenfalls vor drei Jahren verstarb.

Magda Berger war Alleinerzieherin. Sie war eine wunderschöne Frau, die ständig von den männlichen Kollegen hofiert wurde, aber kein Interesse an den Männern zeigte. Als Chemikerin in einem großen Labor verdiente sie genug Geld, um das Leben für sich und ihre Tochter angenehm gestalten zu können.

Dann kam dieser verflixte Sommer, in welchem es Magda von einem auf den anderen Tag schlechter ging und man bei ihr Lungenkrebs diagnostizierte. Wir beschlossen, unseren Studienbeginn zu verschieben, und kümmerten uns abwechselnd um Magda, die aber nach wenigen Monaten den Kampf gegen die Krankheit verlor.

„Wenn sie mir nur einmal gesagt hätte, wer mein Vater ist!", flüstert Julia, als wir in das vor dem Friedhofstor stehende Taxi steigen.

„Was hätte das jetzt für einen Sinn? Magda hat es zwanzig Jahre für sich behalten. Ich nehme doch an, dass sie dafür einen triftigen Grund hatte! Mach dich nicht verrückt, man kann nicht in die Vergangenheit gehen. Wir leben im Hier und Jetzt und du musst nach vorne schauen. Damals, als meine Eltern verunglückten, war ich dankbar, dass ich meine Oma hatte und dich als meine beste Freundin!", versuche ich, Julia zu trösten.

Wir betreten die geräumige Wohnung von Magda und Julia Berger. „Gut, dass Mama mir ihre Sparbücher beizeiten übergeben hat und auch alle anderen Dinge so geregelt hat, dass ich in dieser Wohnung bleiben darf und genügend Geld da ist, dass ich studieren kann!", stellt Julia traurig fest.

„Vielleicht sollten wir ein paar Tage verreisen, ehe der Betrieb an der Uni beginnt!", schlage ich Julia vor.

Kurz überlegt sie, dann sprintet sie plötzlich aus dem Zimmer, um wenig später mit drei Dingen in der Hand zurückzukommen.

„Schau, in einer ihrer Schreibtischladen habe ich unlängst eine Stabbrosche gefunden. Sie war auf einer Eintrittskarte zur Villa di San Martino auf der Insel Elba geheftet. Und hier ist noch eine kleine Visitenkarte, ziemlich abgegriffen, kaum lesbar. *Pino de Angelis* kann ich entziffern."

„Wer das auch immer sein kann!", stelle ich fest. „Zeig mal die Brosche her!"

Julia reicht sie mir. Sie dürfte aus Gold sein und besteht aus zwei Strängen, die in der Mitte miteinander verknüpft sind. Jeweils am Ende der leicht geschwungenen Stäbe sitzt ein kleiner, roter Stein. Ich klappe meinen Laptop auf und beginne mit der Suche.

„Ich glaube, ich habe Ähnliches schon gesehen!", sage ich und suche weiter. „Ha, das ist ein Symbol, und zwar ein Liebesknoten!", erkenne ich auf dementsprechenden Abbildungen.

„Lass mich sehen!", bittet Julia, hält die Brosche in der Hand, dreht sie und kommt ebenfalls zu dem Ergebnis, dass es aussieht, als ob es sich um zwei Schnüre handeln würde, die mittig verknotet sind.

Während sie noch das Schmuckstück bewundert, google ich bereits nach der Villa di San Martino.

„In der Tat, die Villa befindet sich in der Gemeinde Portoferraio auf der Insel Elba und war eine der beiden Residenzen von Napoleon Bonaparte in der Zeit seiner Verbannung auf Elba von 1814 bis 1815!", lese ich aufgeregt vor.

„Gut, dann steht wohl fest, wohin wir in den nächsten Tagen reisen. Wie kommt man auf diese Insel?", will Julia wissen.

Jetzt bin ich überrascht. Julia ist dermaßen entschlussfreudig, dass ich keine Widerworte finde und weiterhin meinen Laptop malträtiere. „Mit dem Auto und einer Fähre oder mit dem Flugzeug. Es gibt im Süden der Insel in La Pila einen kleinen Flughafen. Allerdings ist die Saison vorbei, daher gibt es keine Direktflüge. Man kann von Rom, Mailand oder auch von Florenz aus weiterfliegen!", lese ich laut vor.

„Gut, dann buchen wir einen günstigen Flug, egal wo wir umsteigen müssen!", beschließt Julia.

„Willst du wirklich, dass ich mitkomme?", frage ich kleinlaut, denn mein Budget ist nicht so groß wie das der Freundin.

„Natürlich, ohne dich mache ich keinen Schritt! Und ich bezahle auch die Flüge und die Unterkunft. Ich bin mir nicht sicher, ob wir dort nicht auf ein Geheimnis stoßen! Schau mal, die Brosche, die an einer Eintrittskarte angeheftet ist, und diese alte Visitenkarte! Warum hat Mama mir das immer vorenthalten?"

Ich bin überwältigt. „Danke, aber …", murmle ich verlegen.

Julia fällt mir um den Hals.

Kurz unterbrechen wir für eine Tasse Espresso. „Wie lange können wir bleiben?", will Julia wissen, während sie die leeren Tassen in die Spüle stellt. „Reicht uns eine Woche?", setzt sie fort.

Ich nicke und öffne auf meinem Handy den Kalender. „Das passt gut zum Vorlesungsbeginn!"

„Wir brauchen eine Unterkunft, nach Möglichkeit in Portoferraio, damit wir diese Villa besuchen können!", überlege ich und greife wieder zum Laptop.

„Wie wäre es mit einer kleinen Ferienwohnung um 850 Euro die Woche?", schlage ich nach längerer Suche vor, denn die Hotelpreise sind ordentlich geschmalzen um diese Jahreszeit.

Drei Tage später verlassen wir in Rom das Flugzeug, wo wir zwei Stunden Aufenthalt haben. Als Gepäck haben wir nur jede eine große Reisetasche, denn wir sind ja nicht primär zum Faulenzen auf der Insel, sondern wollen den drei Dingen aus Magdas Schreibtisch auf den Grund gehen.

Mit einer kleinen Sportmaschine geht es weiter auf die Insel Elba, wo wir nach 50 Minuten landen. Nun müssen wir allerdings mit einem Taxi die Insel queren, um zu unserer Unterkunft zu gelangen, die der Taxifahrer aber sofort findet.

Das kleine Apartment liegt im Zentrum von Portoferraio. Vom Balkon aus entdecken wir ein Straßencafé mit bunten Lampen. „Dorthin gehen wir jetzt! Die haben hoffentlich für uns Pizza und Rotwein!", schlägt Julia vor.

Die Anreise und der Rotwein lassen uns wie Steine schlafen.

Kurz vor Mittag machen wir uns auf den Weg. An einem kleinen Kiosk kaufe ich eine Straßenkarte. Damit wir auch wieder zurückfinden, mache ich mit einem Filzstift eine Markierung des Platzes, von dem aus wir nun starten. Zum Hafen ist es nicht weit. Er erstreckt sich majestätisch vor uns. Hier gibt es unzählige Lokale, die alle noch geschlossen haben.

„Wir brauchen aber ein Frühstück!", mault Julia hungrig.

Nachdem ich eine kleine Panetteria entdeckt habe, steuern wir diese an. Es gibt auch *Coffee to go* und somit sind wir gerettet. Auf der Karte, die ich erstanden habe, kann man erkennen, dass die Villa di San Martino ein ordentliches Stück entfernt ist von dem Punkt, an dem wir momentan stehen. Außerdem dürfte sie auf einem Hügel liegen. Also suchen wir wieder nach einem Taxi.

Nach ungefähr fünf Kilometer entlässt uns ein alter Fahrer aus seinem Auto und deutet auf die imposante Villa. Wir müssen zu Fuß weitergehen vorbei an einem Gebäude, das erst viel später dazu gebaut wurde und *Demidoff Galerie* heißt. Danach erreichen wir die zweistöckige Villa, erbaut im ländlichen Stil, wie er in der Toskana üblich war. Nachdem Napoleon sie erworben hatte, ließ er einige Umgestaltungen vornehmen.

Wir lösen zwei Eintrittskarten. Sie sehen etwas anders aus als die, die wir von Julias Mutter dabeihaben. Dann betreten wir den ersten Stock, nachdem es im Erdgeschoss nichts zu sehen gibt. Die Räume sind als Museum hergerichtet. Sehr imposant erscheint der ägyptische Saal, der als Speisesaal seinerzeit Verwendung fand. Auf drei Seiten des Speisesaals kommt man zu weiteren sieben Zimmern. Uns raucht bald der Kopf. Da gibt es Zimmer für Generäle, ein Schlaf- und ein Arbeitszimmer des großen Herrschers und ein Ratszimmer. Auf einem kleinen Schild entdecke ich, dass dieser Raum auch *Zimmer des Liebesknoten* genannt wird und einst die Liebe Napoleons zu seiner Frau Marie Luise aus Österreich symbolisieren sollte.

Wir betreten neugierig den Raum, der nicht sehr groß ist, und richten unsere Blicke auf die rosafarbene Stuckdecke. Hier zeigt ein Deckengemälde zwei Tauben, die je ein Ende eines Bandes im Schnabel haben, das in der Mitte verknotet ist. Es scheint, als wollen die Vögel in entgegengesetzte Richtungen fliegen, um so den Knoten noch fester zu zurren.

Julia kramt vorsichtig Magdas Brosche aus einem schwarzen Samtbeutel. In der flachen Hand haltend, erkennt sie, dass die Goldstränge ähnlich geschwungen sind wie die Fäden auf dem Gemälde, an deren Enden aber keine Taube, sondern jeweils ein roter Stein sitzt. „Ich bin sicher, dass die Souvenirläden in der Umgebung solche oder ähnliche Broschen verkaufen!", stelle ich fest.

„Aber Magdas Brosche ist aus Gold, da gibt es mehrere Punzen. So etwas verkaufen die Souvenirhändler hier sicher nicht!", entgegnet Julia aufgebracht. Schneller, weil sie uns plötzlich uninteressant erscheinen, laufen wir durch die übrigen Räume und gelangen bald wieder ins Freie.

„Was, wenn dieser Pino de Angelis meiner Mutter seinerzeit die Brosche geschenkt hat und ihr damit seine ewige Liebe zeigen wollte?", rätselt Julia aufgeregt weiter.

„Denkst du, dass er dein Vater sein könnte?", will ich wissen.

Julia blickt mich verwirrt an.

„Zeig mir noch einmal die alte Eintrittskarte!", ersuche ich sie. Ich vergleiche sie mit den beiden, die wir heute gelöst haben. „Schau, die ist tatsächlich 22 Jahre alt. Hier in der unteren Ecke findest du nämlich ein Tagesdatum so wie auf den heute gelösten Karten!"

Aufgeregt verlassen wir das Areal der Villa di San Martino und schlendern den Hang entlang. Ein wunderbares Bild bietet sich uns über Portoferraio. Kurz hängt jede von uns ihren Träumen nach. Der Weg führt sanft hinab und bevor wir beinahe auf Meeresspiegelniveau ankommen, finden sich entlang der Straße kleine Villen. Über einer Eingangstür kann ich *Orafo* entziffern.

„Das müsste *Goldschmied* heißen", erkläre ich Julia.

Wir entlocken der Klingel, die offenbar noch aus der Zeit Napoleons stammt, einen blechernen Ton und warten eine Zeit lang. Nach dem zweiten Versuch, als wir schon gehen wollen, öffnet uns ein junger, gut aussehender Elbaner.

„Prego?", fragt er höflich und unsere Knie werden ob dieses Adonis weich wie Pudding.

Julia sucht rasch nach der Brosche und zeigt sie ihm. Er dreht und wendet sie, murmelt etwas, das wir nicht verstehen, dann plötzlich überzieht sich sein Gesicht mit einem sanften Lächeln. „Papa?", ruft er ins Innere der kleinen Villa.

Ein alter Mann erscheint mit fragendem Blick. Der Adonis übergibt ihm die Brosche und plötzlich strahlen die Augen des Alten. „Siamo Austriaci", stottert Julia, was den Alten bewegt, mit uns Deutsch zu reden, während der junge Mann aufmerksam zuhört.

„Ich habe die Nadel vor über zwanzig Jahre gemacht für einen guten Freund!", erklärt er lächelnd.

Wir sehen einander an und ich deute Julia, die Visitenkarte herzuzeigen.

„Si, Pino de Angelis war mein Freund!", bestätigte er seufzend. „Die Brosche war für seine große Liebe, die ihn aber verließ!", berichtet er weiter.

„Meine Mutter?", fragt Julia ungläubig.

„Ich weiß nicht, sie war aus Wien! Aber Sie haben tatsächlich Ähnlichkeit mit ihr! Er hat mich einmal mit ihr besucht", setzt der Alte fort. „Pino ist vor sieben Jahren gestorben! Er ruht in San Giovanni. Ich glaube, die Frau war die Liebe seines Lebens! Warten Sie, ich habe ein Bild!"

Der Alte dreht sich um und verschwindet im Haus, um kurz später wieder zu kommen. „Hier für Sie", sagt er und drückt Julia ein zerknittertes Foto von Magda und besagtem Pino in die Hand.

„Vielen, vielen Dank!", sage ich leise und ziehe Julia mit mir weg vom Haus des Goldschmieds.

„Du weißt jetzt, dass hier deine Wurzeln zu finden sind", beschwichtige ich Julias Heulkrämpfe und bringe meine Freundin zurück in unser Appartement. „Lass die Liebenden in Frieden ruhen, sie sind jetzt wieder vereint!"

Hannelore Futschek: Jahrgang 1951. Matura, Studium, Bankangestellte, Bestatterin, Gleichbehandlungsbeauftragte im Arbeitsmarktservice. Seit der Pensionierung widmet sie sich dem Schreiben. Vier Bücher (Romane, Krimi,) sind im Self-Publishing Verlag veröffentlicht worden. Erfolgreiche Mitwirkung bei unzähligen Anthologien. Bei Pauli Esposito-Wettbewerb den 1. Platz erreicht.

Ein Trabant mitten in Italien

Ich blicke aus dem Fenster und sehe Kevin hinterher – nun wird er für immer weg sein. Tränenüberströmt nehme ich die Reisetasche, werfe den Strohhut aufs Haar und verlasse ebenfalls meine Wohnung.

Wenig später sitze ich im Flieger in Richtung Süden. Ich schließe meine Augen, versuche den Liebeskummer zu vergessen und mich auf die bevorstehende Auszeit in der Toskana zu freuen. Die Liebe zu Kevin durfte einfach nicht sein. Sie hat mich unglücklich gemacht, mich verändert und stand meinen Lebenswünschen im Weg. Die Trennung war richtig und das muss auch ich mir endlich eingestehen. Er wäre nie mit mir zusammen in dieses Flugzeug gestiegen – war doch seine Flugangst viel zu groß, auf der Fähre wäre er seekrank geworden und zu warm ist es ihm im Süden auch. Deswegen habe ich mich genau jetzt für diesen Urlaub entschieden, auch wenn ich keine Ahnung habe, was mich erwartet. Auf jeden Fall wird es aber eine Reise der Sehnsucht. Denn wie oft schon träumte ich von dem klaren blauen Wasser des Mittelmeeres, den bunten Fischen und den idyllischen Häusern in den Weiten der Toskana.

Inzwischen bin ich in Florenz gelandet und mit dem Bus nach Campiglia Marittima weitergefahren. Dort setzt gleich die Fähre nach Elba über – Elba ein Ort der Verbannung und Leidenschaft. Ein Ort, den ich schon seit meiner Kindheit gerne besuchen wollte.

Nach gut einer Stunde erreicht die Fähre den Hafen der Inselhauptstadt Portoferraio. Ich verlasse das Schiff, stelle mich an die Hafenkante, blicke auf das Meer und atme tief ein und aus.

Nach der Ankunft im Hotel drehe ich noch eine kleine gemütliche Runde durch die Stadt. Durch den Trennungsschmerz und die Reise bin ich ziemlich geschafft und gehe schon bald zurück zum Hotel, um mich schlafen zu legen.

Nach einer erholsamen Nacht mache ich einen Ausflug nach Porto Azzurro. Dort treibt es mich in die Tauchschule, denn das Mittelmeer lädt zum Schnorcheln ein. Es ist einfach fantastisch, die kleinen

Fische, Krebse und Muscheln hautnah zu erleben. Bei all der heilen Meereswelt habe ich meine Trennung von Kevin auch schon ganz vergessen. Nach dem Tauchgang gehe ich über die Piazza Matteotti und kehre in eine kleine Enoteca ein – eine original italienische Mischung aus Weinhandlung, Feinkostgeschäft und Gastronomie. Dort möchte ich mir zunächst einen Caffè macchiato gönnen und dann nach einem Mitbringsel für meine Mutter stöbern.

Hinter dem Verkaufstresen begrüßt mich ein junger Mann und fragt, ob er helfen kann. Als ich ihm antworten will, wird mir plötzlich schwindelig – mein Herz überschlägt sich, mir wird schlecht und meine Beine drohen wegzusacken. Der Mann eilt mir zur Hilfe, schnappt mich am Arm und zieht mir einen Stuhl heran.

Nach wenigen Minuten komme ich wieder zu Kräften und habe keine Ahnung, was das gerade war. Aber eines weiß ich genau, die Weinberatung des Verkäufers ist exzellent, sodass ich nach gut 45 Minuten mit gefüllten Taschen und einem warmen Gefühl im Körper den Laden verlasse.

Als ich am Abend zum Hotel zurück spaziere, läuft plötzlich der Weinverkäufer an mir vorbei und lächelt mich an. Nach wenigen Schritten drehe ich mich noch mal um und blicke direkt in seine Augen, denn auch er ist stehen geblieben und sieht mich an. Wir gehen aufeinander zu und fragen wie aus einem Mund, ob wir zusammen was trinken gehen wollen.

Wir setzen uns an einen freien Tisch in dem kleinen Restaurant an der Piazza della Repubblica, bestellen ein Glas Wein und beginnen zu erzählen. Der junge Mann heißt Matteo und wohnt seit über zehn Jahren auf Elba, ursprünglich kommt er aus Deutschland. Sein Vater ist Italiener und seine Mutter Deutsche. Wir verstehen uns gut und seine rehbraunen Augen beginnen mich in den Bann zu ziehen. Am nächsten Tag möchten wir uns wiedersehen und einen Ausflug in das Bergdorf Poggio machen.

Am nächsten Tag stehe ich wie vereinbart am Hafen, als plötzlich ein grüner Trabant gefahren kommt. Ich kann meinen Augen nicht trauen, drehe meinen Kopf kurz Richtung Meer und wieder zurück. Aber es ist kein Traum, sondern da kommt wirklich ein original ostdeutscher Trabant gefahren – mitten in Italien. Er hält direkt neben mir, die Tür öffnet sich und Matteo steigt aus. Er hat den Trabi von seinem Opa geerbt und liebt ihn über alles.

Ganz stolz und ein wenig aufgeregt nehme ich zum ersten Mal in einem Trabant Platz und kann mein Glück kaum fassen, denn schon immer wollte ich mit so einem Klassiker fahren.

Nach gut einer halben Stunde sind wir vor den Toren von Poggio angekommen. Von der Piazza Castagnetto haben wir einen weiten Blick über Elbas Küstenlinie und das blaue Meer bis hinüber zur Nachbarinsel Capraia. Wir schlendern vorbei an alten Kastanienbäumen und verweilen an der berühmten Mineralwasserquelle Fonte di Napoleone.

Aber auch ein wunderschöner Tag neigt sich irgendwann dem Ende zu und wir machen uns auf die Rückfahrt. Es setzt bereits die Dämmerung ein und Matteo muss die Scheinwerfer einschalten. Als das Licht die Straße erhellt, schweift mein Blick zu Matteo und auch er dreht seinen Kopf zu mir. Wir werden langsamer und kommen in einer Parkbucht mit Meerblick zum Stehen. Wir steigen aus, setzen uns auf die Motorhaube des Oldtimers und betrachten einen wunderschönen Sonnenuntergang. Während dieses Anblicks rutscht mein Herz in die Hose, ich beginne zu schwitzen und mir wird bewusst, was ich all die letzten Jahre vermisst habe – das Gefühl von *nach Hause kommen*, das Gefühl von Geborgenheit, das Gefühl von Liebe.

Und dann weiß ich plötzlich auch, was mein Schwächeanfall gestern in der Enoteca zu bedeuten hatte. Es war Liebe auf den ersten Blick, denn nicht nur der Trabant hat es mir vom ersten Moment an angetan, sondern auch Matteo.

Mein Herz schlägt wieder ganz schnell und in meinem Bauch fliegen Tausende Schmetterlinge. Wir blicken uns tief in die Augen, unsere Lippen berühren sich und wir küssen uns eine gefühlte Ewigkeit. Matteo hebt mich von der Motorhaube, öffnet die Tür des Trabis und wir machen es uns auf der Rückbank gemütlich. Bereits zu Ostzeiten fanden einige Fahrgäste Platz in dem kleinen Klassiker, warum sollte man also nicht jetzt auch eine wunderbare Nacht darinnen verbringen können? Eine Nacht, die ich nie vergessen werde – es war die bis dahin schönste Nacht meines Lebens.

Und wie soll es auch anders sein – am nächsten Morgen wachen wir nebeneinander auf und fahren zurück nach Portoferraio. Dort verbringe ich noch wunderschöne eineinhalb Wochen, in denen ich viel mit Matteo unternommen habe. Wir sind beide total verknallt und gestehen uns schon bald die Liebe. Nach meiner Rückreise führen wir zunächst einige Monate eine Fernbeziehung. Aber dann entscheide ich mich dafür, mein Leben in Deutschland hinter mir zulassen und zu Matteo nach Elba zu ziehen.

Dort wohnen wir inzwischen seit über einem Jahr zusammen und erwarten unser erstes Kind. Ich bin so glücklich, wie ich noch nie zu vor gewesen bin.

Und von wegen Elba ist ein Ort der Verbannung. Für mich ist Elba ein Ort der Sehnsucht, ein Ort der Leidenschaft und der Ort meines größten Glücks.

Julia Kohlbach wurde 1995 in Thüringen geboren. Nach erfolgreichem Studium der Bibliotheks- und Informationswissenschaft arbeitet sie als Bibliothekarin. Wenn sie sich nicht gerade dem Kreativen Schreiben widmet, geht sie wandern, arbeitet im Garten oder fertigt Handarbeiten an. Erste Veröffentlichungen erfolgten in Anthologien und im Online-Magazin KKL.

Paola

„Möchten Sie vorab schon etwas trinken?"

Ich kannte die Stimme und hob meine Augen. Da stand sie. Paola. Größer und schmaler kam sie mir vor. Wir sahen uns an. Es verging eine gefühlte Ewigkeit, bis sie uns die Speisekarte reichte. Das Restaurant hieß *Da Paola*. Das sah ich erst jetzt auf der Speisekarte. Erinnerungen stürmten mein Gehirn und meine Gedanken flogen zurück zu dem jungen Mädchen von 1944. Es dürfte damals nicht älter als 16 oder 17 gewesen sein. Keine 20 Jahre war das her. Noch schöner geworden war sie. Damals hatte sie den befehlshabenden Offizier und die Unteroffiziere bekochen und bedienen müssen und gezittert, wenn sie einem von denen etwas aufs Zimmer bringen musste.

Johanna hatte nichts mitbekommen. Sie flirtete gerade mit dem Kellner vom Nebentisch und trug großzügig ihre von der Strandsonne leicht gerötete Haut zur Schau. Morgen würde sie mir stolz zeigen, wie braun sie an einem Tag geworden war.

Ich konzentrierte mich auf die Bestellung.

Wir nahmen das Menü.

Johanna und ich haben vor zehn Jahren geheiratet. Fünf Jahre später zogen wir nach Brüssel, wo ich seitdem als Übersetzer bei der Europäischen Wirtschaftsgemeinschaft für Italienisch und Französisch tätig bin. Ich bin zufrieden, glücklich nicht. Johanna liebt mich auch nicht und mir ist es egal, dass sie ständig mit Kellnern und anderen Männern herummacht.

Wir aßen schweigend, das heißt, Johanna redete und ich dachte an Paola: Ich kannte Paolas Geheimnis und habe nie darüber geredet, mit niemandem, auch mit ihr nicht, mit ihr habe ich sowieso wenig geredet. Ich war für die Übersetzung von Nachrichten zuständig und hasste diesen Krieg. Ich wäre am liebsten desertiert. War aber zu feige dazu und bildete mir ein, auf Paola aufpassen zu müssen.

Es war ein heißer Vorsommer-Sonntag damals. Der Oberstleutnant war schon ziemlich betrunken und Paola sollte ihn zum Schwimmen in eine kleine Bucht an der Westküste, die für die Einheimischen verboten war, begleiten. Während Paola ihre Badesachen holte, trank er ein weiteres Glas Wein. Nach 15 Minuten kam sie zurück. Sie schwitzte und war sehr nervös. Ihr unruhig flackernder Blick animierte mich, ihnen mit meinem Fahrrad zu folgen. Ich kannte die Bucht und sah den Jeep schon von Weitem. Er parkte vor einem alten, nicht mehr benutzten Brunnen. Ich stieg von meinem Fahrrad und ging auf Paola zu, die dort mit dem Fischer, dem Gemüsehändler und einem anderen Mann stand. Sie war blass und zitterte. Die Männer schoben gerade eine Holzplatte über den Brunnen und ich konnte mir denken, was passiert war.

„Ist er da unten, tot?“

Paola nickte.

„Verschwindet, schnell“, sagte ich, setzte mich auf den Brunnen, holte eine Zigarette heraus und überlegte über eine Stunde. Der Mann war ein Schwein, ein Sadist, selbst die Unteroffiziere würden ihm keine Träne nachweinen. Ich nahm mein Fahrrad und fuhr wieder ins Quartier.

Abends servierte Paola wie immer das Abendessen. Niemand schien ihn zu vermissen. Am nächsten Morgen fanden sie den Jeep.

„Wahrscheinlich ist er im Suff ertrunken“, sagte der Major.

Paola habe ich anschießend nie wieder gesehen. Kurz darauf befreite die französische Armee von Korsika aus die Insel Elba. Ich wurde vorher an die Adria abkommandiert.

Vor dem Tiramisu stand ich kurz auf und ging zur Toilette, jedenfalls sagte ich das zu Johanna. An der Bar fragte ich nach Paola. Der Kellner ging in die Küche und kam nach zwei Minuten mit ihr zurück. Paola nahm schnell meine Hand und zog mich nach draußen. Ich war jetzt 43 Jahre alt und verlegen wie ein Schuljunge. Damals, 1944, war nichts zwischen uns gewesen. Das hätte ich gar nicht gewagt, ich war ja nur der Übersetzer. Niemand außer mir wusste, dass sie im Untergrund tätig war. Ich habe nie geredet.

„Paola, wie geht es dir?“

„Gut“, sagte sie lächelnd.

„Dein Restaurant?“

„Ja!“

„Schön!“

„Ich habe nicht viel Zeit, Tonio. Sehen wir uns morgen.“ Während sie das sagte, drückte sie mir einen Zettel mit einer Adresse in die Hand und ging.

„Morgen werde ich den ganzen Tag am Strand verbringen, mich amüsieren, Toni“, sagte Johanna, als ich wieder am Tisch war. Sie blickte dabei den Kellner an, der rot wurde.

Es war Johanna, die diesen Urlaub geplant hatte, so wie immer. Dass Johanna ausgerechnet ein Hotel in Portoferraio, wo wir im Krieg unser Quartier hatten, reserviert hatte, merkte ich erst, als wir auf die Insel fuhren. Ich hatte Johanna nie vom Krieg erzählt und sie wollte auch nichts darüber wissen. Johanna interessierte sich generell nicht für das Leben ihrer Mitmenschen.

Das Hotel war klein, neu, sauber und lag ein wenig erhöht. Meinen VW-Käfer parkten wir direkt davor. Drei Wochen würden wir diesen herrlichen Blick auf das türkisblaue, transparente Meer haben. Die Hotelbesitzerin empfahl uns gleich bei Ankunft am Samstag Paolas Restaurant. Wir bekamen aber keinen Tisch für denselben Abend und aßen irgendwo eine Pizza. Johanna wollte danach noch tanzen. Da ich von der Reise müde war, ging sie alleine. Um zwei Uhr morgens kam sie ins Bett geschlichen. Ich gab vor, sie nicht zu hören. Sie summte vor sich hin und roch nach Wein und billigem Rasierwasser.

Den Sonntag verbrachten wir am Strand. Johannas Vorstellung von Urlaub reduzierte sich auf Sand, Sonne, Meer und Flirten. Ich war hin- und hergerissen. Einerseits freute ich mich darauf, alleine die Insel zu erkunden, aber andererseits graute mir davor, die Vergangenheit aufleben zu lassen. Um 16 Uhr gingen wir zurück ins Hotelzimmer, ruhten uns ein wenig aus und machten uns anschließend zum Abendessen im *Da Paola* fertig.

Am Montag wartete ich in dem Café auf Paola. Sie setzte sich und legte ihre Hand auf meine, ohne etwas zu sagen.

„Du warst damals plötzlich weg, ich habe mir Sorgen gemacht.“

„Ich will nicht über den Krieg reden.“

„Liegt er immer noch dort unten?“

„Ja, wir haben den Brunnen noch in der Nacht mit Erde aufgeschüttet und dann bin ich zu meiner Tante und habe mich dort versteckt." Paola sah mich lange an und sagte: „Du bist nicht glücklich, Tonio. Deine Frau betrügt dich."

„Das hoffe ich. Ich wünsche mir nichts sehnlicher, als dass sie einen anderen Mann findet und mich verlässt."

Während Paola und ich uns unser Leben erzählten und uns verliebten, flirtete sich eine braun gebrannte Johanna durch alle Kellner der Insel. Ich wartete jeden Tag in ihrem Restaurant auf Paola, bis sie fertig war. Nachmittags begleitete ich sie zu den Einkäufen. Dienstags blieb das Restaurant geschlossen. Paola ging mit mir zum Schwimmen und auf den Monte Capanne. Die Insel war mehr als bereit für den Tourismus, hatte sich vom Krieg erholt. Einmal fuhren wir sogar aufs Festland, um Wein zu kaufen, obwohl die Insel mittlerweile selber welchen anbaute.

Nach ein paar Tagen wurden wir ein Paar. Ich ging nur noch zum Umziehen ins Hotel. Johanna traf ich dort nie an. Sie schien es genauso zu machen. Drei Wochen später fuhren wir zurück. Johanna hatte ihren Spaß gehabt, war gut gelaunt und wollte nun wieder unser für sie bequemes Leben aufnehmen.

Direkt am ersten Arbeitstag nach meinem Urlaub kündigte ich und reichte die Scheidung ein. Ein paar Wochen musste ich noch durchhalten, aber nach dieser Frist fuhr ich sofort zu Paola. Der Tourismus-Boom der 1960er-Jahre auf Elba konnte meine vielseitigen Sprachkenntnisse gut gebrauchen.

Jetzt arbeite ich als Dolmetscher und Problemlöser für die immer mehr werdenden Urlauber und übersetze Romane. Paolas Lokal hat seit Kurzem einen Stern. Wir sind sehr glücklich.

Christa Blenk, *geboren 1956, lebt am Atlantik, hat Kurzgeschichten in Anthologien und Literaturzeitschriften veröffentlicht und schreibt seit Jahren für das Berliner Online Magazin https://kultura-extra.de/kunst/ werkbetrachtungen.php).*

Überfahrt

Nach der vollkommen unerwarteten Trennung von meinem Mann, mit dem ich fast 20 Jahre verbunden war, wollte ich nur noch weg. Ihn vergessen. Die Tränen trocknen lassen. Eine Auszeit nehmen.

Doch wohin sollte ich? Ich war seit Jahren nicht mehr allein in den Urlaub gefahren, also wollte ich auf keinen Fall dorthin, wo ich schon einmal mit Herbert gewesen war.

Sehnsuchtsland Italien. Toskana. Ja, das wäre es. Ich nahm eine italienische Landkarte zur Hand, denn Italien hasste mein Verflossener. Dann ließ ich meinen Blick über Städte und Inseln schweifen.

Rimini? Zu viel los.

Venedig? Nur für Verliebte.

Elba? War da nicht mal Napoleon gewesen? Verbannt?

Ich musste lächeln – verbannt fühlte ich mich auch aus meinem alten Leben, wie ein Fremder am Gartenzaun sehnte ich mich nach dem, was nicht mehr zurückzuholen war. Die Entfernung und die Sonne auf Elba sollten mir vor allem eines bringen: Ablenkung. Um Träume von der anderen, neuen Seite des Gartenzauns zu pflanzen, ihre Sprossen in die Erde, bis eines Tages in vielen Jahren die Büsche so hoch sein würden, dass ich nicht mehr zurückschauen wollte, geschweige denn konnte, und alles, was Markus tat, mir egal sein konnte.

Deutsche Bahn – an einem Tag nach Florenz, dort eine kurze Übernachtung, bei der Ankunft am Abend Pizza in einem unscheinbaren Bistro, die besser schmeckte als jede andere hier in Frankfurt. Wenn ich am Montag abfliegen würde, könnte ich schon am Dienstag mit dem Ausflugsschiff im Hafen von Portoferraio landen, strahlender Himmel, türkisfarbenes Meer, ein kleiner Espresso auf der Überfahrt. Ich entschied mich für ein kleines Hotel mit Bed and Breakfast in Capoliveri, von dort aus würde ich jeden Tag kleine Ausflüge und Wanderungen unternehmen.

Markus hasste Wanderungen, er sagte immer: „Urlaub ist zum Ausruhen da." Scheiß auf Markus' Unbeweglichkeit.

Buchung bestätigen, weiter zur Bezahlung, *klick, klick*. Schon landet alles in meinem E-Mail-Postfach, übermorgen geht es los. Am Bahnsteig steht ein Mann, groß, schlank, vielleicht Mitte 40, das Haar leicht zurückgegelt, dunkelbraun. Er hat die Statur eines Seemanns, wirkt ein wenig verloren, als sei er weit von seinem Heimathafen entfernt. Wahrscheinlich ist er zum ersten Mal am Frankfurter Hauptbahnhof? Egal, ich brauche in Frankfurt keine Männer am Bahnsteig anzulächeln, wenn ich die nächsten Wochen sowieso auf Elba bin. Ich nehme einen großen Schluck von meinem Cappuccino und steige in den ICE Richtung Zürich.

Die Zugfahrt verläuft ereignislos, bis auf einen ungeplanten Halt in Zürich kommen wir gegen 19 Uhr in Florenz an. Erleichtert hebe ich meinen kiloschweren Koffer auf den Bahnsteig und will gerade den Ausgang suchen, als mir ein großer, braunhaariger Mann ins Auge fällt. Ist er wieder da, der Matrose? Wie kann es sein, dass wir die ganze Zeit im selben Zug gesessen haben und jetzt am selben Ort aussteigen? Irgendwie kommt mir das alles komisch vor. Fast möchte ich ihm zuwinken oder zunicken, ein Zeichen des gegenseitigen Erkennens geben, aber ich halte mich zurück. Ich bin sicher, er erkennt mich nicht. Ich mache mich auf die Suche nach einem Taxi, das mich schnell zum Hotel bringen soll. Nach all den Stunden im Zug muss ich einfach duschen.

Nach einer langen, lauwarmen Dusche im kleinen, aber hübschen Bad des Hotelzimmers ziehe ich mir ein sauberes T-Shirt und eine bequeme Hose an. Ich lege mir eine Strickjacke um die Schultern, falls der Abend kommt, und gehe nach draußen. Mein Plan ist es, durch die Gassen zu schlendern auf der Suche nach einer kleinen Pizzeria, die noch geöffnet hat, und dort den Tag mit einer warmen Mahlzeit und vielleicht einem Glas Rotwein ausklingen zu lassen. Ein paar Straßen von meinem Hotel entfernt finde ich ein Lokal namens *Massimos*. Drinnen ist es hell erleuchtet, draußen stehen einige Tische, an denen Paare und Familien sitzen. Der Laden gefällt mir auf Anhieb: klein, überschaubar und nicht touristisch. Der Restaurant scheint vor allem Einheimische zu bedienen, die einen langen Arbeitstag mit Freunden bei einem guten Essen ausklingen lassen. Mir geht es ähnlich. Nur Freunde habe ich leider keine, wenn man den netten Portier vom Hotel nicht mitzählt, aber vielleicht wollte der nur sein Trinkgeld aufbessern.

Als ich gerade eine Vegetariana und ein Glas Silvaner bestelle, kommt eine Gestalt an meinen Tisch, die mir seltsam bekannt vorkommt. Wie wahrscheinlich ist das? Das kann nicht sein, nicht schon wieder. Vor mir steht – diesmal mit blauem Hemd und kakifarbener Hose – der Matrose aus Frankfurt und der Matrose aus Florenz, der Mystery Man. Unsere Blicke treffen sich, ich werde leicht nervös und muss lächeln, was er erwidert. Seine Schritte werden langsamer, bis er vor meinem Tisch stehen bleibt.

„Hallo.“

„Hi ...“

„Wir kennen uns vom Bahnhof, wenn Sie sich erinnern, ich glaube, Sie kommen auch aus Frankfurt, oder?“

„Ja, irgendwie kommen Sie mir auch bekannt vor.“

Cool spielen, genau, er soll ruhig denken, dass er mir nicht schon aufgefallen ist.

„Darf ich mich zu Ihnen setzen? Ich kenne hier niemanden und ...“

„Ja, natürlich!“

Oh, das wars mit cool, aber was solls. Ich war sowieso noch nie besonders gut darin.

Er heißt Moritz und sieht nicht nur aus wie ein Seemann, er ist auch einer. Er segelt morgen von Piombino aus, um Kreta zu umrunden. Wir essen zusammen Pizza, bestellen noch ein Glas Wein und unterhalten uns über Gott und die Welt, die großen und kleinen Fragen des Lebens. Etwas liegt in der Luft zwischen uns. Er bietet an, zu bezahlen, aber ich lehne ab. Wie selbstverständlich gehen wir gemeinsam in Richtung meines Hotels, die Hände in den Jackentaschen. An der Eingangstür bedankt er sich für das Gespräch, was ich erwidere. Wir umarmen uns freundschaftlich und bleiben kurz stehen. Aber ich wende mich ab, heute gibt es keinen Kuss. Es wäre mein erster Kuss, seit es mit Markus vorbei ist. Wozu auch, wenn wir uns sowieso nicht wiedersehen. Wir tauschen keine Nummern aus. Später im Bett bekomme ich kaum ein Auge zu. Etwas weniger wehmütig als zuvor packe ich am nächsten Morgen meine Koffer.

Schon geht es mit dem Bus nach Piombino und von dort um 12.30 Uhr mit dem Schiff nach Elba. Ein bisschen mulmig ist mir schon vor der Überfahrt und ich hoffe, keinen stürmischen Tag erwischt zu haben. Am Hafen angekommen, scheint sich meine böse Vorahnung zu bewahrheiten: Ein heftiger Wind lässt die Fahnenmasten umknicken, viele Fähren fahren wegen des Sturms nicht aus, Touristen stehen Schlange vor den Verkaufsstellen und wollen ihre Tickets zurück. Verzweifelt schaue ich mich um, war das schon alles mit dem Urlaub auf Elba? Mit meiner kleinen Flucht. Wie soll ich jetzt nach Hause fahren, wo die zwei Wochen doch noch gar nicht begonnen haben?

Ich bestelle mir einen Cappuccino in einem kleinen Bistro am Kai und schlendere die Mole entlang, noch ist meine Fähre nicht gestrichen, aber es sieht nicht gut aus. Ein Pärchen läuft an mir vorbei, die beiden unterhalten sich, heute und morgen sollen wohl alle Fähren ausfallen, keine Chance! Aber wie soll man hier auf dem Festland noch spontan eine Unterkunft finden, wenn alle gleichzeitig gestrandet sind, die eigentlich wegwollten? Warum musste das ausgerechnet jetzt passieren? Ausgerechnet mir, in meinem ersten eigenen Urlaub seit Markus. Ich wollte ein Abenteuer, aber nicht dieses.

Plötzlich sehe ich einen Zweimaster am Kai liegen, mehrere Leute an Bord, die anscheinend gerade auslaufen wollen. Neugierig trete ich näher. Wie hoch ist die Wahrscheinlichkeit?

Auf dem Boot angekommen, blickt mich ein vertrautes Paar brauner Augen eines Matrosen im weiten, blauen Hemd an. Ich muss lächeln.

Moritz fragt: „Brauchst du vielleicht eine spontane Überfahrt?" Wir hätten noch einen Platz frei."

Selma Ruß, geboren 1999, schreibt leidenschaftlich gerne Gedichte und Lieder und Geschichten. Damit ist sie schon auf Open Stages und kleineren lokalen Bühnen aufgetreten. Sie studiert Musik auf Lehramt in Hannover und hat das große Ziel, eines Tages einen eigenen kleinen Gedichtband zu veröffentlichen.

Mario kehrt heim

„Endlich da!"

Kerstin band das lange, grau melierte Haar im Nacken zusammen und wischte den Schweiß von der Stirn. Sie hatte eine kurze Nacht, die zum Glück sommerlich mild war, auf einer Parkbank in Florenz in der Nähe des Bahnhofes verbracht und war morgens von einer Polizeipatrouille geweckt worden. Ein junger Polizist hatte sich über sie gebeugt und gefragte, ob sie wohl Hilfe brauche.

Sie hatte den Kopf geschüttelt und war schnell aufgestanden. „Nein, nein, ich habe bloß den letzten Zug verpasst", hatte sie in gebrochenem Italienisch geantwortet, das offenbarte, dass sie Ausländerin war.

Mit dem Zug fuhr sie von Florenz nach Piombino. Während der Fahrt schaute sie hinaus auf die sanfte Landschaft der Toskana, die grünen Hügeln mit den Gutshöfen umgeben von Hecken, Zypressen und Pinien und stellte sich vor, wie es wäre, hier zu leben. Von Piombino aus nahm sie die Fähre nach Portoferraio. Eine Stunde später, die sie auf dem Deck verbrachte, das Gesicht in die Sonne haltend und die würzige Luft einatmend, erreichte sie Portoferraio. Sie nahm ihre Reisetasche und folgte den anderen Touristen zum Ausgang.

Sie erinnerte sich daran, wie sie das erste Mal hier gewesen war. Damals war sie nicht allein, Mario war bei ihr und sie in ihren Flitterwochen. Sie lächelte, als sie daran dachte, wie stolz Mario auf die Insel seiner Vorfahren war. Die Sehnsucht nach der Heimat verließ ihn nie, obwohl er in der Ferne geheiratet und eine Familie gegründet hatte. Gut integriert hatte er sich, würde man heute sagen, dachte Kerstin und kniff die Augen zusammen. Die Sonne blendete sie und sie nahm die Sonnenbrille aus der Tasche. Langsam machte sie sich zu Fuß über Treppen und durch enge Gassen auf den Weg zum Hotel.

Etwas später saß sie auf dem Balkon ihres Hotelzimmers und blickte hinaus auf die Bucht. Am Horizont sah man kleine Schiffe, die sich kaum merklich über das Meer bewegten.

„Kreuzfahrtschiffe, aufgebrochen in Genua", dachte Kerstin. „Genua, Napoli, Messina, Valetta, Barcelona, Marseille, Genua."

Tags zuvor hatte sie im Zug eine Gruppe von Rentnern kennengelernt, die unterwegs waren zum größten Abenteuer ihres Lebens und in Genua ausstiegen, um aufs Schiff zu gehen.

„Und jetzt sitzen sie vielleicht genau in einem dieser Schiffe." Kerstin lächelte und trank ihren Cappuccino, den sie zuvor an der Hotelbar geholt hatte. „Morgen, morgen werde ich es erledigen", dachte sie und ihre Augen füllten sich mit Tränen.

Am nächsten Tag war sie bereits früh wach und machte sich auf den Weg. Mit dem gemieteten Auto fuhr sie aus der Ortschaft hinaus in Richtung Osten. Die Häuser wurden weniger und sie genoss die Aussicht auf die hügelige Landschaft, die jetzt im Frühsommer schön grün war. Später im Jahr würde die vorherrschende Farbe das Gelb der verdorrten Wiesen sein, bis es im Herbst und Winter wieder regnen wird.

„Mario wäre stolz auf mich", dachte sie und blickte schnell zur Tasche auf dem Beifahrersitz.

Nicht weit musste sie fahren bis zur Ruine der Villa Romana delle Grotte. Dort angekommen, stieg sie aus. Es war bereits heiß. Grillen zirpten und bunte Schmetterlinge schwirrten umher.

„Tausend bunte Schmetterlinge wünschen dir nur gute Dinge." Leise sprach sie das Gedicht, das sie früher den Kindern, als diese noch klein waren, beigebracht hatte.

Sie lächelte und stopfte ihr Haar unter den breitkrempigen Sonnenhut. Vorsichtig nahm sie die Tasche vom Beifahrersitz und ging auf die Ruine der römischen Villa zu. Sie sah sich um und setzte sich schließlich auf eine hüfthohe Mauer.

Und wie sie so dasaß, meinte sie eine leise, klagende Stimme zu hören. „Sabino, amore mio, dove sei?"

Erschrocken sprang sie auf und schaute sich um. Niemand war zu sehen. Was ist denn das?

„Sabino, amore mio, perchè mi hai lasciato?" Wieder diese verzweifelte Frauenstimme und wieder war niemand zu sehen.

„Oh nein, jetzt werde ich verrückt", dachte Kerstin. Sie nahm die Tasche und ging einer Mauer entlang. „Ach, Mario, wie hast du diesen Ort geliebt." Sie schüttelte den Kopf und ging weiter.

Angekommen an der Punta delle Grotte, blieb sie abrupt stehen und ihre Augen weiteten sich. „Das ist die schönste Aussicht, die ich jemals gesehen habe“, dachte Kerstin und setzte die Tasche neben sich auf den Boden.

Sie sah hinunter in die Bucht von Portoferraio. Das funkelnde Blau des Meeres ging über in das milchige Blau des Himmels. Kerstin schloss die Augen und dachte an Mario, die Liebe ihres Lebens. Ihre Augen füllten sich mit Tränen, salzig wie das Meer unter ihr.

„Ich liebe dich“, dachte sie und spürte, wie die Tränen über ihre Wangen liefen.

Dann schaute sie sich um. Niemand war zu sehen. Sie öffnete die Tasche und nahm vorsichtig die Urne mit der Asche von Mario heraus. Sie wischte die Tränen von den Wangen und öffnete die Urne. Ein Windstoß nahm die Asche ihres Geliebten mit und verteilte sie über das Gelände.

„Ich habe es dir versprochen“, flüsterte sie und sprach ein kurzes Gebet.

Dann machte sie sich langsam auf den Weg zurück zum Auto. Dieses Mal war sie nicht überrascht, als sie die klagende Stimme der jungen Frau hörte. „Sabino, amore mio, ti aspetto.“

„Also stimmt es“, dachte Kerstin, „Prinzessin Alba ist hier und beklagt den Verlust ihres Geliebten.“

Mario hatte ihr die Geschichte der Prinzessin Alba und ihrem Ritter Sabino erzählt, die sich auf die Insel Elba zurückgezogen hatten, nachdem sie die Göttin Venus um Hilfe gebeten hatten. Und weil sie sich nicht an das hielten, was die Göttin von ihnen verlangte, verlor Sabino sein Gedächtnis und irrte orientierungslos über die Insel, bis er elend starb. Alba beklagte seither den Verlust ihres Geliebten.

„Und noch heute kann man das Klagen und Weinen der Prinzessin in den Grotten hören“, hatte Mario ihr lachend erzählt. Ganz nahe beieinander lagen sie damals auf einer bunten Decke im kniehohen Gras an diesem wunderbaren Frühsommertag und hielten sich an den Händen.

Kerstin hatte die Augen geschlossen und spürte, wie Mario sich über sie beugte und küsste. „Aber du wirst mich nie verlassen?“, hatte sie gefragt und er hatte geantwortet, mit ernsten Augen. „Nie, amore mio, nie werde ich dich verlassen.“

Jetzt stand sie auf dem Parkplatz und blickte nochmals zurück zur Ruine. Ihre Augen füllten sich wieder mit Tränen.

„Ciao Mario, mein Geliebter, mein Schatz." Sie stieg in das Auto und wusste, noch am Abend würde sie zurückfahren nach Hause, die Kinder warteten.

„Aber irgendwann werde ich zurückkommen, für immer, versprochen", dachte sie und fuhr los.

Patrizia Melere *wurde 1962 geboren und lebt zusammen mit Tochter und Enkeltochter in Zürich. Sie arbeitet als Sozialpädagogin mit Menschen, die am Rande der Gesellschaft stehen. Seit vielen Jahren schreibt sie vornehmlich für sich selbst.*

L'amore ritrovato - Zeitlose Liebe

Verträumt schaute Gianna aus dem Fenster des Zuges, der sie von Pisa nach Campiglia Marittima brachte. Von dort aus würde sie den Bus zum Hafen nehmen, wo sie mit der Fähre zurück auf ihre Heimatinsel Elba kehren würde. Es erschien Gianna wie eine kleine Weltreise, doch sie freute sich auf eine entspannte Zeit nach diesem anstrengenden Semester. Sie lehnte sich zurück, schloss die Augen und dachte mal wieder an grüne Augen.

„Nein, nicht schon wieder!", fluchte sie innerlich. Sie wollte doch nicht weiter an den Kerl denken. Doch er hatte nun einmal die schönsten Augen, die sie je gesehen hatte. Sie hatten etwas Vertrautes, etwas, das sie an ihre Heimat erinnerte. Vermutlich lag es daran, dass diese Augen dem grünen Meer glichen, das sie so liebte.

Gianna war auf dem Unicampus regelrecht in ihn hineingelaufen, weil sie mal wieder viel zu sehr in ihre Gedanken vertieft war. Sie hatte prompt gespürt, dass sie rot angelaufen war, während sie eine Entschuldigung gestammelt hatte. Es war so fürchterlich peinlich gewesen! Ihr Gegenüber hatte ihr schelmisch zugezwinkert und gegrinst, doch bevor er noch irgendetwas sagen konnte, hatte sie auch schon die Flucht ergriffen.

Im Nachhinein hatte Gianna sich geärgert, denn seither ging ihr dieser süße Typ nicht mehr aus dem Kopf. Dabei wusste sie nicht einmal seinen Namen. Wie ein verliebter Teenager hatte sie sich fortan stets aufmerksam umgesehen und nach ihm Ausschau gehalten, doch vergebens. Vermutlich war er nur zufällig dort gewesen und sie würde ihn nie wiedersehen.

Gianna entwich ein Seufzer. Wie alt war sie, dass die Gefühle so dermaßen mit ihr durchgingen – und dies nur wegen einer Schwärmerei für einen Fremden, dem sie nur einmal flüchtig begegnet war? Sie sollte diesen namenlosen Kerl besser schleunigst vergessen und die kommende Zeit einfach genießen.

Als Gianna endlich in Capoliveri angekommen war, empfing sie die gesamte Familie zu Hause mit einem kleinen Fest. Man überhäufte sie mit Fragen und brachte sie in Sachen Dorfklatsch auf den neusten Stand.

„Gianna, ich kann es kaum erwarten! Der 14. Juli rückt immer näher und dann darf ich endlich die Maria darstellen!", meinte ihre Cousine Alessia aufgeregt.

Gianna blickte Alessia verwirrt an. „Was für eine Maria?"

„Gianna!", rief Alessia empört. „Am 14. ist der Fackelzug der Innamorata, hast du das etwa vergessen?"

Richtig, der Fackelzug. Dieser fand jedes Jahr aufs Neue statt, um an die tragische Liebesgeschichte von Maria und Lorenzo zu erinnern. Man schrieb das Jahr 1534. Maria, die aus ärmlichen Verhältnissen stammte, verliebte sich in den wohlhabenden Lorenzo. Sie trafen sich immer am Strand, welcher zu ihrem Rückzugsort wurde. Eines Tages jedoch musste Maria mitansehen, wie ihr Liebster von Piraten verschleppt wurde, als er am Strand auf sie wartete. In ihrer Verzweiflung stürzte sich die junge Frau ins Meer und versuchte vergeblich, ihrem Lorenzo hinterherzuschwimmen. Man fand lediglich ihr Schultertuch, welches sich in einem Felsen verfangen hatte. Hundert Jahre später verschlug es einen spanischen Adeligen namens Domingo Cardenas auf die Insel, nachdem dieser von seinem Vater enterbt und verbannt worden war. Als dieser Marias ruhelosem Geist begegnet war, der am Strand noch immer nach der verlorenen Liebe suchte, rief er einen Gedenktag ins Leben. Er organisierte Tausende von Fackeln und erhellte den gesamten Strand, um die verzweifelte Suche des Geistes zu unterstützen.

Auch dieses Jahr würde es den traditionellen Fackelzug geben. Am Abend würde man die altertümlichen Kostüme tragen und durch die Straßen ziehen, sobald die Glocken läuteten, um schließlich die Bucht der Innamorata zu erreichen. Dort würde Alessia dieses Jahr auf dem Felsen stehen und Maria verkörpern. Sie würde ins Wasser springen und dabei ein weißes Schultertuch fallen lassen. Dann würden vier Mannschaften mit ihren Booten losrudern, welche die vier Ortsteile vertraten, und jeweils versuchen, das Schultertuch für sich zu beanspruchen. Letztes Jahr hatte die *Torre* gewonnen, weshalb Alessia das Schultertuch überreicht wurde, da sie die Torre vertreten hatte.

„Das weißt du ja noch gar nicht!", riss sie Alessia freudig aus ihren Gedanken. „Dieses Jahr vertrittst du unser Viertel."

Immer noch fassungslos stand Gianna einige Tage später gemeinsam mit drei weiteren auserwählten jungen Frauen der verschiedenen Ortsteile am von Fackeln erhellten Strand und schaute zu, wie die Boote in weiter Ferne um die Wette ruderten.

Alessia war bereits elegant vom Felsen gesprungen und hatte das Tuch fallen lassen. Nun waren vier junge Männer von den Booten hinab ins Wasser gehechtet und schwammen um die Wette, um das Tuch zu ergattern. Am Strand wurde es laut, da das Publikum die Vertreter der Ortsteile leidenschaftlich anfeuerte.

Gianna hatte keine Ahnung, wer in Führung lag oder wer überhaupt teilnahm. Sie hatte die letzten Tage einfach nur den Strand und die Ruhe genießen wollen und war gar nicht erst auf Alessias fröhliches Geschnatter eingegangen. Schlimm genug, dass man sie einfach vor vollendete Tatsachen gestellt hatte und sie nun hier für ihren Ortsteil Torre stand. Vermutlich hatte man sich daran erinnert, dass dies einmal ihr großer Traum gewesen war, jenes Mädchen sein zu dürfen, welches das Tuch überreicht bekam. Das bedeutete nicht nur, dass man im darauffolgenden Jahr die Maria darstellen würde, sondern ebenfalls, dass man bis dahin die große Liebe fand.

Mittlerweile war Gianna davon überzeugt, dass dies lediglich eine dumme, romantische Fantasie war, die der Tradition des Wurfs des Hochzeitsstraußes glich. Dennoch verbreitete sich nun eine gewisse Unruhe in ihr, denn die aufgeregten Schreie des Publikums wurden immer lauter und der Sprecher verkündete nun, dass die Torre das Tuch ergattert hatte. Mit kräftigen Zügen erreichte der Schwimmer den Strand und überreichte das Tuch dem Fischer seines Viertels. Gianna kannte den alten Mario, der das Tuch jetzt feierlich an die Figur des Domingo Cardenas weiterreichte.

Gianna stockte der Atem, als dieser sich nun umdrehte und auf sie zuschritt, um ihr das Schultertuch umzulegen. Das konnte doch unmöglich sein! Grüne Augen funkelten sie amüsiert an, als die Figur des Domingo Cardenas nun direkt vor ihr stand.

„Gratuliere! Dir gebührt die Ehre, nächstes Jahr die Maria darzustellen. Aber noch viel wichtiger: Bis dahin wirst du die große Liebe gefunden haben.“ Mit diesen Worten und einem Augenzwinkern schwang der junge Mann ihr das Tuch um die Schultern.

Erst nach einer ganzen Weile fand Gianna die Sprache wieder. „Du?“, fragte sie noch immer ungläubig.

„Ja, ich. Du weißt also noch, wer ich bin?", fragte ihr Gegenüber keck.

Gianna spürte, wie sie errötete. „Du bist der Typ aus der Uni, mit dem ich kollidiert bin", brachte sie mit bebender Stimme hervor. Sie achtete mittlerweile gar nicht mehr auf das Chaos um sie herum. Die Menschen jubelten, feierten und gratulierten ihr. Doch Gianna hatte nur noch Augen für ihn. „Was machst du hier? Und wo ist Luciano?", wollte sie schließlich wissen.

Luciano hatte jedes Jahr die Rolle des Cardenas übernommen. Sie hatte nicht einmal bemerkt, dass jemand anderes seinen Platz eingenommen hatte. Und dass nun ausgerechnet ER vor ihr stand, konnte Gianna immer noch nicht fassen.

Der junge Mann lächelte und erklärte: „Luciano ist mein Onkel. Vor Kurzem erst hatte er eine Knieoperation, weshalb er dieses Jahr nicht an der Prozession teilnehmen kann. Ich bin eigentlich nur hier auf Elba, um ihn zu unterstützen. Doch da ich von zu Hause verbannt wurde, meinte mein Onkel, dass ich doch perfekt in die Rolle passe."

„Du wurdest verbannt?", fragte Gianna bestürzt.

Ihr Gegenüber lachte amüsiert über ihr erschrockenes Gesicht, doch noch bevor er der jungen Frau antworten konnte, startete das Feuerwerk.

Gianna spürte, wie sie plötzlich an der Hand genommen und von der Menschenmenge weggezogen wurde. Sie folgte ihm ohne Bedenken, bis sie das Ende des Strandes erreicht hatten, wo es dunkel und ruhig war. Es war verrückt, doch sie vertraute dem Fremden, der ihr doch irgendwie so bekannt erschien. Sie setzten sich in den Sand und schwiegen, während sie das Feuerwerk beobachteten. Gianna aber war viel zu aufgeregt, um sich wirklich darauf konzentrieren zu können. Ihr Herz raste wild und sie nahm den angenehmen Geruch des Mannes und dessen Körperwärme wahr, während sie eng beieinandersaßen. Abermals erschien es ihr, als würde sie ihn schon seit einer Ewigkeit kennen.

„Ich sollte in Pisa eigentlich Rechtswissenschaft studieren, um in die Fußstapfen meines Vaters zu treten", erklärte er nach einer Weile. „Ich habe es wirklich für eine kurze Zeit versucht, doch schnell gemerkt, dass das nichts für mich ist. Aus diesem Grund wurde ich von zu Hause rausgeschmissen und nun muss ich sehen, wie ich klarkomme. Glücklicherweise hat zio Luciano mich gleich aufgenommen. Ich werde mir demnächst einen Job suchen, um mir ein Tiermedizinstudium finanzieren zu können. Wenn mein Vater sieht, dass es mir damit ernst ist, ändert er ja vielleicht seine Meinung."

„Oh, deswegen habe ich dich nicht mehr gesehen", entkam es Gianna. „Du hast die Uni verlassen."

„Du hast mich also vermisst?", stellte er fröhlich fest. „Dabei hast du bei unserer kurzen Begegnung schnellstens die Flucht ergriffen und mir nicht einmal die Chance gegeben, mit dir zu reden. Ich habe dich an diesem Tag sofort wiedererkannt."

Nun blickte Gianna ihn verwirrt an. „Wiedererkannt? Was meinst du?"

„Ich kenne dich noch von früher. Ich habe die Sommerferien immer bei zio Luciano verbracht. Wir haben oft zusammen am Strand gespielt und sogar mal eine Schildkröte gerettet, weißt du nicht mehr? Ich hatte mich damals schon Hals über Kopf in dich verliebt, aber du hast mir kaum Beachtung geschenkt."

Gianna blickte ihr Gegenüber verwirrt an und da dämmerte es ihr. Aber natürlich! Diese grünen Augen, die ihr so bekannt vorkamen! Sie gehörten … „Francesco?", fragte sie vorsichtig. „Das kann doch nicht wahr sein!"

Doch das strahlende Lächeln, das der junge Mann ihr nun schenkte, verriet, dass sie richtig lag. Und sogleich sah sie den fröhlichen Jungen mit den schönen grünen Augen wieder vor sich, als wäre es gestern gewesen. Sie hatte ihn schon damals sehr gemocht, auch wenn sie dies nie zugegeben hätte.

„Das ist ja bestimmt schon über zehn Jahre her!", rief Gianna fassungslos. „Wie alt waren wir da?"

„Genau gesagt ist es schon zwölf Jahre her. Du warst zehn und ich war elf. Trotzdem war ich schon damals in dich verliebt. Ich war todunglücklich, als du im darauffolgenden Sommer nicht da warst", erklärte Francesco.

„Nun ja, irgendwann fingen wir an, in den Sommermonaten zu verreisen. Wenn man auf Elba lebt, kann man das Meer das ganze Jahr genießen. Aber man entkommt im Sommer auch gerne all den Touristen, die die Strände dann überfüllen."

„Du hast mir das Herz gebrochen!", jammerte Francesco dramatisch und brachte Gianna damit zum Lachen. „Dann finde ich dich endlich wieder und du ergreifst die Flucht! Aber jetzt habe ich dich wiedergefunden und glaube mir: So schnell lasse ich dich jetzt nicht mehr gehen." Mit diesen Worten packte Francesco die beiden Enden des Schultertuchs, zog Gianna zu sich heran und küsste die junge Frau leidenschaftlich.

Sie verbrachten die gesamte Nacht am Strand, bis das Morgengrauen und die Feuchtigkeit sie schließlich aufscheuchte. Doch von diesem Moment an waren sie wie bereits vor vielen Jahren erneut unzertrennlich. Sie erkundeten die Insel, doch immer wieder zogen sie sich an den Strand der Innamorata zurück wie einst Maria und Lorenzo. Und auch als der Sommer vorbei war und sie die Insel verließen, so blieben sie zusammen und gaben sich das Versprechen, auch im nächsten Jahr zurück nach Elba zu kehren, denn dort hatten sie ihre große Liebe gefunden und würden sie nie wieder hergeben. Und Gianna musste sich eingestehen, dass es wohl tatsächlich stimmte: Die Frau, die Marias Schultertuch überreicht bekam, fand doch tatsächlich die wahre Liebe.

Pamela Murtas wurde 1975 in Frankfurt-Höchst geboren, lebte jedoch seit ihrem zehnten Lebensjahr in Italien, wo sie an der Deutschen Schule Mailand ihr Abitur absolvierte. Nach drei Jahren Moskauaufenthalt kehrte sie nach Italien zurück, um in Rom professionellen Reitsport zu betreiben. Seit 2007 wohnt sie erneut in Deutschland. Veröffentlicht hat sie bisher den vierteiligen Abenteuerroman „Destini", außerdem weitere Kurzgeschichten und Gedichte in verschiedenen Anthologien.

Noch einmal auf Elba

Rückkehr auf die Insel
neue Ansichten
zu irgendwie Vertrautem

Ankunft auf Elba
strahlender Sonnenschein
schöner fast als damals

Schatten willkommen
körperlich angenehm
die Kühle im Hotel

das Hotelzimmer
beinahe zu geräumig
für eine Person

welch schöne Aussicht
so nah an Strand und Wellen
und einem Selbstbelügen

geschlossene Augen
die schmerzhafte Schönheit
der Erinnerungen

Panoramablick
sich verlierende Linie
aus Anhaltspunkten

Freiräume grenzenlos
so unendlich fern
der Koffer im Hotel

nach Freiheit suchend
sich in Weite verlieren
der Poet nennt es Sehnsucht

ein Schiff wird kommen
Liebende am Strand
von Einsamkeit umarmt

so weit das Auge reicht
Horizont erzählt
von Inselparadiesen

damals noch unfassbar
das Meeresrauschen
rinnt mir durch die Finger

täuschendes Gefühl
Zeit und Welt stehen still
Wind in deinem Haar

Entspannung genießen
unter Himmelsbühnen
ein Vogelruf als Star

Himmel in Bewegung
ein fixierter Vogel
zieht mit den Wolken

Wolkengebilde
ein Paradiesvogel
löst sich in Luft auf

letzter Urlaubstag
schon morgen wieder
den Horizont im Rücken

Abschied von Elba
kein Blick mehr zurück
zu schwer schon das Herz

Wolfgang Rödig *lebt in Mitterfels. Er hat bislang mehr als 800 belle-tristische Kurztexte in Anthologien, Literaturzeitschriften, Tageszeitungen, Magazinen und Kalendern veröffentlicht.*

Von Napoleon zu Mineralien

Schon meine Mutter schwärmte mir von der Insel Elba vor. Sie liebte Italien, aber leider war es ihr nie finanziell möglich, mit uns drei Kindern hierherzufahren. Als wir dann groß waren, fühlte sie sich zu schwach, um diese Reise in Angriff zu nehmen. Als sie mehr Kraft hatte, verstarb sie kurz darauf. Darum hatte ich ihr versprochen, diese Reise für sie zu machen und ihren letzten Wunsch zu erfüllen.

Als der Krebs vor vielen Jahren festgestellt wurde, hatte sie mir Haare von sich gegeben, sodass ein Teil von ihr diese Insel besuchen konnte. Das: „Und nie wieder verließ", hatte sie nie ausgesprochen, aber es schwang mit.

Mit diesem Vorsatz kam ich auf die Insel der Verbannung. Schon ironisch, dass meine Mutter bei dem Namen hierher wollte und die Freiheit zugleich doch so sehr liebte.

Die ersten Tage nach der Landung lief ich in San Giovanni herum. Ich trank Kaffee und war mit der Hitze überfordert. Die Touristen und die Einheimischen konnte man gut erkennen. Während die einen sich zurückzogen, wurden die anderen vermehrt gesichtet. Mittendrin war ich. Wenn ich schon mal hier war, wollte ich mir auch ein paar Dinge ansehen. Wofür war diese Insel denn berühmt? Napoleon Bonaparte.

Ich wusste nicht viel über den kleinen Mann, der ein großes Reich in den Krieg zog und verlor. Auch dies hatte mir meine Mutter erzählt. Daher wusste ich nicht, ob es der Wahrheit entsprach.

So führte mich mein Weg an einem Tag ins Napoleon Museum. Das gelbe Haus sah für mich recht klein aus und ich war gespannt, was mich dort erwartete. Langsam schlenderte ich durch die Gänge, betrachtete die Bilder. Bei einem, auf dem der ehemalige Kaiser mit einer riesigen Hakennase abgebildet war, blieb ich stehen und musste lachen.

„Viele verkneifen sich das Lachen über diese Karikatur", hörte ich einen Mann.

Mein Blick ging zu dem Italiener. „Man macht das ja eigentlich nicht, aber da konnte ich mich nicht beherrschen.“

Er schmunzelte. „Und was genau?“

Mein Gesicht begann zu brennen. „Das werde ich nicht verraten.“

„Verstehe“, brachte er gerade so zwischen Luftholen und lauthals Lachen heraus.

„Luca“, rief eine Frau, den Rest verstand ich nicht wirklich. Einerseits, weil mein Italienisch miserabel war und anderseits, weil er schlicht und einfach laut neben mir war.

Er pustete und wedelte sich Luft zu. „Entschuldigen Sie.“ Sein Blick ging über die Schulter und er antwortete ihr lautstark zurück.

„Sie arbeiten hier?“, fragte ich ihn.

„No, überall, so gesehen.“

Verwirrt runzelte ich die Stirn.

Anscheinend fand er es lustig, denn sein Brustkorb hob und senkte sich wieder, als wenn er wieder lauthals losprusten wollte. Tief atmete er durch. „Ich bin Touristenführer. Das Museum ist daher ein fixer Punkt auf den Rundgängen.“ Seine Hand zeigte auf den Gang weiter hinten. „Dort sind die weitaus schöneren und interessanteren Exponate.“

„Danke. Ich bin Ramona.“

„Luca. Schön, dich kennenzulernen. Was führt dich nach Elba?“

„Meine Mutter. Warum kannst du so gut Deutsch?“

„Berufsbedingt wichtig, verschiedene Sprachen zu können.“

Daran hätte ich denken können. Wir schlenderten die Gänge entlang. Ich erzählte ihm von meiner Mutter, da er nachhakte, und weil ich neugierig wurde, erzählte er mir, wie er Touristenführer geworden war. Bis zum Abend saßen wir mehr und unterhielten uns, als dass ich etwas vom Museum gesehen hätte.

Am nächsten Tag machte ich eine Führung in den Bergen mit, die er leitete. Immer mehr Kleinigkeiten, die wir uns anvertrauten, hatten wir gemeinsam. Wir mussten viel lachen und die Zeit verging viel zu schnell. Schon standen wir oben und hatten einen traumhaften Ausblick. Ich beschloss, einen Teil der Haare meiner Mutters auf diesen Berg zu lassen. So legte ich circa ein Drittel unter einen Steinhaufen.

„Eine schöne Geste“, sagte eine Touristin, die schon etwas älter war.

„Definitiv", stimmt Luca zu.

„Ich wünschte, meine Tochter würde das für mich auch mal machen", seufzte der ältere Herr neben ihr.

Erst wollte ich sagen, dass sein Kind dies bestimmt gerne tun würde. Aber dann erinnerte ich mich daran, dass ich die Jüngste war und keines meiner Geschwister je auf den Gedanken gekommen war, dies zu tun. Vielleicht lag es daran, dass ich das Küken war oder meiner Mutter eben sehr nah stand. Möglicherweise lag es auch daran, dass ich ihre letzten Tage miterlebt und ihren sehnsuchtsvollen Blick gesehen hatte. Im Grunde war es egal, warum ich hier war, ich tat das hier, weil es wichtig war.

„Fragen Sie sie doch. Es ist doch durchaus möglich, dass Ihre Tochter das auch für sie tun möchte. Vielleicht nicht heute oder morgen, aber irgendwann wird sie sich daran erinnern und den Wunsch ihres Papas erfüllen."

Er hob seine Mundwinkel. „Ihr Wort in Gottes Ohr."

„Wir sollten uns langsam auf den Weg machen", sagte Luca, „es wird spät."

Wir stimmten zu und gingen gemütlich zurück.

Am Abend saßen Luca und ich in einem Restaurant. Laut ihm gab es hier die beste Pasta ganz Italiens.

Die Köchin lachte darüber sehr laut. „Das muss er sagen, er ist mein Neffe." Sie zwinkerte mir zu und tätschelte seine Schulter im Fortgehen.

„So so", meinte ich schmunzelnd und drehte die Nudeln auf die Gabel.

„La Familia", seufzte er.

„Sei froh, bei meiner Familie würde ich keinen vorstellen wollen."

„Mir reicht schon, dass von deinen Schwestern zu wissen."

„So sind manche Menschen halt."

Er strich über meinen Handrücken. „Aber so lang nicht alle so sind, ist das doch gut."

„Oh ja." Irgendwie hatte sich im Laufe der letzten Stunden immer mehr Vertrautheit zwischen uns entwickelt. Das war schön, machte mir aber auch Angst. „Wann musst du morgen arbeiten?"

Er zog sein Handy heraus und strich mit dem Finger auf dem Display herum. „In der Früh, also können wir gegen Mittag aufs Meer hinausfahren."

„Yeah", rief ich aus.

Als wir vom Berg heruntergewandert waren, kam dem älteren Herrn die Idee, einen Teil der Haare auf das Meer zu verteilen. Und ich musste zugeben, dass mir dieser Gedanke gefiel. Nicht nur wegen meiner Mutter. Auch weil Luca und ich auf dem Boot alleine wären, wir dadurch reden konnten, ohne dass wir ständig unterbrochen wurde oder sich gar welche ins Gespräch mit einbrachten. Aber allein, dass er in meiner Nähe war, gefiel mir sehr.

Am Bootssteg stand ich pünktlich um zwölf. Ich vergaß aber in diesen Moment, dass die italienische Mentalität eher nicht auf Zeit achtete. Luca kam etwa zehn Minuten später an. Von Eile war nichts zu sehen.

„Ich hoffe, du hast genug zum Trinken dabei", meinte er grinsend und hielt mir den freien Arm hin. In der anderen hatte er einen Korb.

„Ich hoffe doch", sagte ich und streckte ihm die Zunge zu. Diesen Gag musste ich wohl ertragen. Es war nicht ratsam, bei einer Wanderung in einem warmen Gebiet nur einen halben Liter Wasser mitzunehmen. Darum hatte ich heute drei Flaschen je einen Liter dabei.

Die kleine Jacht, die wir betraten, brachte uns hinaus aufs offene Meer. Ich wurde zum Glück nicht seekrank und konnte ein schönes Sonnenbad genießen. Luca und ich schrien uns über die Geräuschkulisse an. Als der Motor schwieg, war ich, ehrlich gesagt, erleichtert. Meine Befürchtung war schon, dass ich am Abend mit Halsschmerzen und stumm ins Hotel zurückkam.

Er sprang ins Wasser.

„Komm rein, es ist herrlich."

Lachend stimmte ich zu und ließ mich ins kühle Nass hineingleiten. Es war nicht kalt, aber auch nicht wirklich warm, als herrlich hätte ich es nicht beschrieben. Wir alberten ums Boot herum, *schwimmen* zumindest konnte man dies jedenfalls nicht nennen.

Meine Zähne begannen zu klappern und er half mir auf Boot. Schnell wickelte ich mich in mein Handtuch ein, während er aus seinem Korb eine Thermoskanne mit duftendem Kaffee holte. Dankend nahm ich eine Tasse an.

„Du hast wohl immer einen dabei", sagte ich schmunzelnd und nahm einen Schluck.

„Was ist ein Italiener ohne Kaffee?"

Dies ließ mich wieder schmunzeln. „Stimmt wohl.“

Er legte seinen Kopf auf mein Bein. Diese Zweisamkeit, der Wellengang und diese innere Ruhe hatten etwas Magisches.

„Ich habe eine Idee für die restlichen Haare deiner Mutter“, flüsterte er.

„Wirklich?“

„Ja, es gibt einen geheimen Strand. Er wird Mineralienstrand genannt und ist wunderschön. Gerade bei Sonnenuntergang wirkt er noch erstaunlicher.“ Er blickt zu mir. „Stell dir vor, ein Teil ihres Seins sieht das jetzt für immer.“

„Du hattest mich schon bei *wunderschön*.“

„Gut“, flüsterte er erneut und schloss die Lider wieder.

Nachdem ich ein weiteres Drittel Haare vom Wind auf das Meer hatte verteilen lassen, fuhren wir los. Dieses Mal schweigend, was nicht unangenehm war. Manchmal brauchte es eben keine Worte, sondern nur dieses Gefühl von Geborgenheit. Und mir war inzwischen klar, dass ich mich Hals über Kopf verliebt hatte. Ich wollte es genießen, an das, was danach kam, wollte ich in diesen Moment nicht denken.

Schon als wir darauf zufuhren, sah man das leichte Funkeln der Edelsteine, die es an diesem besonderen Strand gab. Luca hatte mir von den Mineralien erzählt, die dort gefunden wurden. Davon kannte ich kaum eines und bei denen, die ich vom Namen her kannte, hatte ich kein Bild vor meinem inneren Auge.

„Und das ist?“, fragte ich, als wir am Strand angekommen waren und ich ein paar Steine hochgehoben hatte.

„Ilvait.“

„Der gefällt mir bis jetzt am besten.“

Luca schmunzelte. Ich mochte seine frohe Natur, auch wenn ich mir manchmal vorkam, als wenn er mich auslachte. Wir sammelten diesen schwarzen Edelstein und ich begrub das letzte Haarbündel darunter.

„Wie fühlst du dich?“, fragte er mich leise.

„Irgendwie komisch.“ Ich blickte zu ihm. „Es war ihr Wunsch. Aber jetzt habe ich das Gefühl, nichts mehr von ihr zu haben.“

Seine Finger strichen über meine Wange, zu meinem Hals und dann zog er mich leicht in seine Arme. „Sie wird immer bei dir sein.“
„Ich weiß.“

„Und du kannst ja auch immer nach Elba kommen."

„Immer nicht."

„Aber öfters." Dies konnte ich nur bejahen. Ich stand da und starrte den Haufen an.

Langsam schlenderten wir wieder zu dem Teil, wo die kleine Jacht vor Anker lag. „Lass uns ein Picknick machen und auf den Sonnenuntergang warten." Mein Magen meinte, essen wäre eine tolle Idee, da er lautstark knurrte. Wir lachten darüber. Die frischen gekühlten Früchte, der Sonnenuntergang und er waren ein perfekter Abschluss für den Tag.

Immer wenn Luca nicht arbeiten musste, verbrachte er Zeit mit mir und zeigte mir ein Elba fernab vom Tourismus. Ich wollte nicht an den Tag denken, an dem ich wieder in das Flugzeug steigen musste. Doch er kam schneller, als mir lieb war. Er brachte mich zum Flughafen. „Melde dich, wenn du angekommen bist", sagte er.

„Mache ich, das habe ich dir schon versprochen." Ich checkte ein und sah in sein trauriges Gesicht. „Was ist los?"

„Ich will nicht, dass du gehst." Es war das erste Mal, dass er etwas in der Hinsicht andeutete.

Kurz schloss ich meine Augen. Bei unserem erneuten Blickkontakt strich ich über seine Wange. „Ich komme wieder und dann können wir schauen, wie es weitergeht." Luca nickte, zog mich an sich und drückte mich fest.

Als der Aufruf für meinen Flug kam, hielt er meine Hand und holte etwas aus seiner Jeans. „Damit du Elba und mich nicht vergisst."

Zittrig öffnete ich das kleine Papierknäuel. Eine Kette mit einem schwarzen Stein kam zum Vorschein. „Ist das …?" Den Rest konnte ich nicht herausbringen, zu sehr hatte mich diese Geste die Tränen in meine Augen getrieben.

„Ja, ein Ilvait", flüsterte er.

Nun konnte ich nicht anders, als ihn zu küssen.

„Letzter Aufruf für die Passagiere des Flugs zwei fünf acht nach München."

„Ich muss, aber wir telefonieren und reden über alles."

Er nickt nur und ich rannte schweren Herzens los. Jetzt lag es an uns beiden, was wir daraus machten.

__Luna Day__ lebt mit ihrer Familie in Augsburg.

Immer wieder Elba

Marina di Campo
die Füße im Sand
vor mir endlos
der schneeweiße Strand!

Monte Capanne
reckt sich hoch in den Himmel
und in Portoferraio
Menschengewimmel!

Ein sanfter Wind
spielt mit meinem Haar.
Ist alles ein Traum
oder ist alles wahr?

Das Leben ist leichter
mit einem Glas Wein
und einem Päuschen
im Olivenhain!

Kristallklares Wasser
schimmert türkis.
Jetzt weiß ich wirklich,
warum ich Deutschland verließ ...

Blick über Berge, Felsen und Meer
ich weiß ganz sicher
ich komm wieder her ...

__Dörte Müller,__ geboren 1967, verbrachte 1999 im Herbst eine gute Woche auf Elba und denkt noch heute gerne an die Insel zurück. Wieder dagewesen ist sie leider nur in ihren Träumen ...

Ci rivediamo all'Elba

„Ich finde es nicht gut, dass du unbedingt allein fliegen willst", bemerkte Adam und sah Giorgia Mitleid suchend an.

Sie seufzte genervt. „Himmel, wir hatten diese Diskussion nun wie oft? Adam, ich habe meine Familie so viele Jahre nicht gesehen. Was willst du dort? Sie sprechen kein Wort Deutsch. Du würdest nichts verstehen. Davon ab, wir haben mit Sicherheit so viel zu besprechen, da habe ich weder Zeit noch Lust, mich groß um dich zu kümmern. Ein anderes Mal können wir das gern machen."

„Ich könnte mir ja die Sehenswürdigkeiten ...", begann er.

„Nein!", fiel Giorgia ihm resolut ins Wort. „Verstehst du nicht, dass ich die Zeit allein haben möchte? Ist das so schwierig?"

Langsam war sie genervt. Diese Diskussionen nahmen seit Wochen kein Ende. Warum konnte er nicht begreifen, wie wichtig diese Reise für sie war?

Ihr Flug wurde erneut aufgerufen.

„Adam, ich muss los. Sonst fliegt die Maschine ohne mich ab."

„Hätte ich nichts gegen", bemerkte er wehleidig.

Mit verdrehten Augen verabschiedete sie sich von ihm. Da er sie nicht loslassen wollte, riss sie sich schlussendlich los und rannte das Gate entlang. Sollte er sauer sein. Wenn er nicht akzeptieren konnte, dass diese Reise für sie unendlich wichtig war, dann konnte sie ihm nicht helfen. So oft hatte sie ihm die Lage erklärt. Doch offenbar wollte er sie nicht verstehen. Giorgia überlegte immer öfter, ob eine Trennung nicht sinnvoller war. Aber darum wollte sich kümmern, wenn sie wieder in Deutschland war. Nun lagen erst einmal vier Wochen Elba, Italien, vor ihr.

Die Sehnsucht war die letzte Zeit stetig stärker geworden und als Matteo unvermittelt angerufen hatte, stand ihre Entscheidung fest. Noch während der Arbeit hatte sie ihre Reise nach Elba gebucht. Einerseits freute sie sich auf ihre Familie, andererseits verband sie mit Elba auch ihre erste große Liebe. Matteo. Beinahe hätte es ihr den Boden unter den Füßen weggezogen, als er sich bei ihr meldete. Sie hatten viele Jahre keinen Kontakt. Allein die Stimme ... wie warmer Honig.

Als sie aus dem Flughafen kam, blendete sie die Sonne, sodass sie erst einmal nicht viel erkannte. Suchend sah sie sich in dem kleinen Umkreis um, den sie erblicken konnte. Ihre Augen hatten sich noch nicht an die Helligkeit gewöhnt. Eigentlich wollte sie jemand abholen. Ein vertrautes Gesicht war jedoch nicht auszumachen.

„Giorgia?", ertönte eine bekannte Stimme hinter ihr.

Langsam drehte sie sich herum. „Matteo."

All die Gefühle, die gerade auf sie einstürmten, konnte sie gar nicht begreifen, geschweige denn in Worte fassen. Wortlos starrte sie ihn einfach nur an.

Er sah unverschämt gut aus. Älter war er geworden, doch noch immer hatte er dieses gewinnende Lächeln in seinem gebräunten Gesicht mit den azurblauen Augen.

„Gut schaust du aus", bemerkte er nach einer Pause, die aber beide nicht als unangenehm empfanden.

„Danke, das kann ich nur zurückgeben."

Er führte sie zu seinem Auto, das er frech im eingeschränkten Halteverbot abgestellt hatte. Giorgia lachte, denn das war typisch Matteo.

„Du hast dich nicht verändert", grinste sie und ließ sich zeitgleich mit ihm auf den Sitz plumpsen.

„Hast du daran geglaubt?"

„Ja. Schon."

Beide wussten, worauf sie anspielte. Erneut brach Schweigen zwischen ihnen aus. Matteo ordnete sich in den Verkehr ein. Giorgia betrachtete die Umgebung. Elba, wohin Napoleon einst ins Exil flüchtete, hatte sich verändert, seitdem sie vor fünfzehn Jahren zuletzt hier gewesen war. Schön war die Insel noch immer und sie genoss die Sonne. Stets machten die Menschen einen unbeschwerten Eindruck. Doch irgendwas war anders. Oder sie war anders. Sie war nicht mehr die Giorgia, die sie damals war.

„Wie geht es Oma?", fragte sie in die Stille hinein, da diese langsam an ihren Nerven zehrte. Die Luft zwischen ihnen knisterte noch immer und das irritierte sie.

„Nicht so gut", gestand Matteo. „Ich habe dich nicht unter diesem Vorwand herlocken wollen, Giorgia. Das war ernst gemeint."

Innerlich seufzte sie. Hatte sie wirklich gehofft, er hätte sie angelogen, nur damit sie zurückkam und sie vielleicht wieder dort beginnen konnten, wo sie damals aufgehört hatten? Wenn sie ehrlich war, hatte sie genau das ersehnt.

„Ich hatte die Hoffnung, dass es ihr zwischenzeitlich besser geht.“

Stumm schüttelte er den Kopf und sah stur auf die Straße.

Es dauerte aufgrund des Verkehrs eine ganze Weile, ehe sie angekommen waren. Ihre Oma wohnte nach wie vor in ihrem alten Häuschen etwas höher auf der Insel gelegen. Giorgia bedankte sich bei Matteo für den Abholservice und klopfte dann an der Haustür.

Sie sah ihrem Ex-Freund nach, wie er seinen Wagen parkte und ein Haus weiter zur Tür ging. Wohnte er noch immer dort? Erstaunlich. Oder wieder?

Ihre Überlegungen wurden von ihrem Onkel unterbrochen, der ihr die Tür öffnete. Eine herzliche Begrüßung erreichte sie und ein Redeschwall sondergleichen ging auf sie nieder. Innerlich musste sie lachen. Dieser Teil ihrer Familie erfüllte wirklich jedes italienische Klischee, das es gab.

„Alessio! Lass sie doch erst einmal hereinkommen!“, hörte sie die Stimme ihrer Oma.

Giorgia fuhr herum. „Nonna!“

Ein unbeschreiblicher Schreck durchzuckte sie. Die einst so agile, lebensfrohe Frau stand gebeugt im Türrahmen auf einen Stock gestützt. Das Gesicht faltig und wettergegerbt und sie atmete schwer. Ihr war anzusehen, dass es ihr nicht gut ging.

„Leg dich wieder hin, Mamma!“, rief Alessio besorgt und stürzte zu ihr. Doch sie schob ihn nur mit einer unwirschen Geste ihrer Hand zur Seite.

„Lass dich ansehen, Giorgia. La mia Bambina. Groß geworden bist du“, stellte die alte Frau fest und nahm ihre Enkelin in den Arm.

Giorgia spürte, wie zerbrechlich sie war. Ein heftiger Stich erfasste sie. Sie hatte so viel Zeit verpasst, weil sie sich nicht hergetraut hatte.

Die beiden verbrachten den ganzen Nachmittag zusammen. Ihre Nonna lag auf dem Sofa und sie sprachen und erzählten. Sie wollte alles aus ihrem Leben wissen, jede Kleinigkeit.

„Ich arbeite als Chefredakteurin in einem kleinen Verlag“, erklärte Giorgia ein wenig beschämt, als die ältere Dame nicht nachließ. Warum schämte sie sich eigentlich dafür? Weil ihr ihre Karriere wichtiger war als ihre Familie, stellte sie mit Bedauern fest. Dabei war dem nicht so.

Am kommenden Morgen machte Giorgia einen Spaziergang und genoss die wunderschöne Landschaft. Tief atmete sie durch. Die Luft war frisch und klar. Ganz anders als in Deutschland. Ihr Herz hing an dieser Insel und sie hatte den Gedanken, einfach hierzubleiben.

„Morgen", bemerkte Matteos Stimme hinter ihr.

Sie drehte sich erstaunt herum. „Morgen. Was machst du denn hier?"

„Ich habe dich gesehen, als du losgegangen bist, und bin dir hinterher."

Ihre Augenbraue hob sich. „Verfolgst du mich?"

„Nein. Aber wir sollten reden. Du hast ein Recht darauf, die Wahrheit zu erfahren."

„Ach? Nach all den Jahren? Meinst du nicht, dass es etwas spät dafür ist?"

Er schwieg einen Moment und betrachtete die Steilküste, die von ihrem Standort aus hervorragend zu sehen war. „Lieber spät als nie. Daran hat mich deine Reise hierher erinnert."

„So?"

„Ja." Er sah sie an. „Du weißt, dass deine Oma bald gehen wird?"

Sie nickte. Es war ihr anzusehen.

„Doch du bist hergekommen."

„Ja. Es war mir wichtig, mich zu verabschieden."

„Siehst du. Wer weiß schon, wie viel Zeit uns bleiben wird."

„Das weiß niemand", gab Giorgia zu.

Wieder trat Schweigen zwischen sie beide. Seine Kiefermuskeln arbeiteten und ein verbissener Zug lag um seinem Mund. Was auch immer er mit ihr besprechen wollte, es schien ihm an die Nieren zu gehen.

„Spuck es aus, Matteo."

Ein tiefes Seufzen entkam ihm. „Das ist nicht so leicht. Du erinnerst dich an Isabel?"

Sie schnaubte. „Wie könnte ich sie vergessen?" Immerhin hatte ihr diese Frau die große Liebe weggenommen.

Er schluckte. „Ich habe sie nicht geheiratet, weil ich sie geliebt habe, Giorgia."

„Sondern?"

„Sie war schwanger. Die Umstände sind völlig unwichtig. Aber du weißt, wie ihre Familie war. Entweder sie konnte einen Vater präsentieren oder man hätte ihr die Hölle heißgemacht."

Giorgia schluckte. Sowohl die Umstände wie auch das, was dieser Frau geblüht hätte, konnte sie sich ohne Fantasie ausmalen. Sie kannte Isabel und ihre Familie. Immerhin war sie bis zu dem Zeitpunkt, bis Matteo sie geheiratet hatte, ihre beste Freundin gewesen. Sie hatten alles miteinander geteilt.

„Dann kann ich dir wohl dazu gratulieren, dass du Vater geworden bist", sagte sie und fühlte die Galle in ihrem Hals aufsteigen. Es war noch viel schrecklicher als alles, was sie sich zum damaligen Zeitpunkt ausgemalt hatte.

„Nein. Sowohl Isabel als auch das Kind sind bei einem Autounfall ums Leben gekommen. Der Kleine war noch nicht geboren", erklärte er tonlos.

Kurz schloss sie die Lider. Oh mein Gott. Hätte sie das alles geahnt! „Warum hast du mir das damals nicht gesagt, Matteo?"

„Du hast mir nicht mehr zugehört. Davon ab habe ich mehrfach versucht, mit dir zu reden. Erinnere dich."

Dunkle Erinnerungsfetzen kamen in ihr auf. Er sagte die Wahrheit. Doch sie war zu wütend und zu verbohrt gewesen.

„Es tut mir leid", flüsterte sie und sah ihn an. In ihr stieg ein unfassbarer Schmerz auf. „Ich war so verletzt, ich habe mich von euch beiden verraten gefühlt."

„Das kann ich nachvollziehen. Vielleicht mussten wir beide auch erst älter werden, um über all sprechen zu können. Wer weiß das schon."

„Möglich. Hast du denn heute eine Familie?"

Er schüttelte den Kopf. „Du?"

„Nein. Ich habe nie den richtigen Mann für Kinder und das Drumherum gefunden."

Sie verbrachten noch einige Stunden auf dem Felsen, erzählten voneinander, von ihrem Leben, ihren Gefühlen.

Als Giorgia am Nachmittag zum Haus ihrer Oma kam, sah Alessio sie mit ernstem Blick an. Er musste nichts sagen. Schweigend setzten sie sich beide ans Bett der alten Frau, hielten ihre Hand und waren bei ihr.

In der Nacht schloss sie für immer die Augen.

Bei der Beerdigung stand Giorgia neben Matteo. Eine ganze Weile konnte sie die Tränen zurückhalten. Doch als das erste Lied erklang, brachen es über sie herein.

Matteo zog sie an seine Brust und legte den Arm um sie. „Ach Bella, es tut mir so leid."

Den nächsten Tag verbrachten sie am Strand. Er hatte seine Arme fest um Giorgia geschlungen. Sie redeten nicht, sondern waren einfach füreinander da. Auch wenn er nicht mit ihrer Oma verwandt war, so hatte er sie sein ganzes Leben gekannt.

Ihre Nonna war gegangen. Vielleicht war ihre Seele nun im weiten Orbit, betrachtete sie beide und lächelte. Nonna war fort, doch Matteo war erneut bei ihr. Und es fühlte sich so richtig an.

Wir sehen uns in Elba wieder – Ci rivediamo all'Elba.

Beccy Charlatan wurde 1982 in Wuppertal geboren und wuchs dort auf. Mittlerweile hat es sie mit ihrem Lebensgefährten etwas weiter an den Rhein verschlagen, ins schöne Düsseldorf. Schon von Kindesbeinen an schrieb sie gern, geht der Liebe zu den Buchstaben jedoch erst seit ca. 4 Jahren nach. Sie schreibt unter anderem im Bereich Fantasy. Im Jahr 2021 sind die ersten drei Kurzgeschichten in einer Anthologie erschienen. Instagram @beccycharlatan; Homepage: www.beccy-charlatan-autorin.jimdosite.com/

Liebe und andere Probleme

Gedankenverloren stand Jessica am Fenster und betrachtete die blühenden Zierkirschen. In der Morgensonne leuchteten die Blüten wie Wolken aus zarter, rosa Zuckerwatte. Die letzten Regentropfen glitzerten wie kleine, perfekte Diamanten. Sie seufzte, drehte sich vom Fenster weg und nahm einen Schluck aus ihrer Einhorntasse.

„Aua!"

Fritzi schaute von ihrem Bildschirm auf.

„Zunge verbrannt", erklärte Jessica.

„Ich hab dir doch gesagt, dass der Kaffee noch viel zu heiß ist!", rief Fritzi, ohne von ihrem Bildschirm aufzublicken.

Jessica nickte geistesabwesend und pustete in ihre Tasse. Noch ehe sie zu einem weiteren Versuch ansetzen konnte, riss das Schrillen ihres Telefons sie aus ihren Gedanken. Reflexartig setzte sie sich in Bewegung und eilte zu ihrem Schreibtisch. Dabei verschüttete sie nur ein ganz klein wenig Kaffee.

„Nicht schon wieder!", murmelte sie mehr zu sich selbst als zu Fritzi und wischte den Kaffee auf ihrer Hand hastig an ihrer Jeans ab. Zum Glück sah man das Malheur auf dem dunklen Stoff nicht.

Sie nahm den Hörer ab. Am anderen Ende war ihr Chef. Auch das noch.

„Jessi, du sprichst doch Italienisch, oder?", fiel er gleich mit der Tür ins Haus.

Jessica war verdattert. Damit hatte sie nicht gerechnet. „Ja, warum?", antwortete sie zögernd.

Anscheinend wollte Markus sich doch nicht über die Beule im Firmenwagen beschweren. Die sie übrigens nicht absichtlich produziert hatte, schließlich konnte sie nichts dafür, dass die Parklücke zu klein für das Auto war. „Perfekt", antwortete Markus und fuhr fort: „Wir fahren zusammen nach Elba. Ich brauche dich für die Vertragsverhandlungen. Abfahrt 20:10 mit dem Nachtzug nach Bologna. Klara hat die Tickets schon gebucht, sie gibt dir die Details. Wir treffen uns am Bahnhof, bis später."

Jessica legte den Hörer auf. Fritzi sah sie fragend an. „Sieht so aus, als ob ich auf Geschäftsreise gehe. Weswegen hat er nicht gesagt. Nur, dass er jemanden zum Übersetzen braucht. Ich muss zu Klara!“

Fritzi seufzte. „Wieso habe ich Chinesisch und Russisch studiert? Dahin machen wir nie Geschäftsreisen. Viel Spaß und erzähl mir alles, wenn du wieder zurück bist!“

Jessica nickte und machte sich auf den Weg.

Im Zug

Jessica stand an Gleis 11 und wartete auf den Zug nach Rom. Neben ihr stand ihr flamingofarbener Trolley, den sie in aller Eile gepackt hatte. Im Kopf ging sie ihre Liste durch.

„Hoffentlich habe ich an alles gedacht.“ In ihrer Handtasche hatte sie eine dicke Akte, die Klara ihr mitgegeben hatte. Sie hatte nur kurz einen Blick hineinwerfen können. Was kein Problem war, denn die Fahrt war lang genug. Wenn alles nach Plan lief, würde sie morgen Nachmittag in Portoferraio ankommen.

Noch 15 Minuten.

Der Zug war noch nicht zu sehen. Ihr Handy klingelte. Markus, ihr Chef. Er klang aufgeregt. „Jessi, es tut mir total leid, aber mir ist gerade so ein Hirni ins Auto reingefahren. Die Autos haben sich verkeilt und ich komme hier nicht weg. Fahr schon mal vor, ich komme, so schnell ich kann, nach. Muss jetzt auflegen, da kommt die Polizei!“

Jessica seufzte und steckte ihr Handy wieder ein.

„Ich hoffe, der Tag hält noch ein paar angenehmere Überraschungen bereit“, sagte der junge Mann neben ihr. Mit seiner schwarzen Kleidung und den langen schwarzen Haaren fiel er auf dem Bahnsteig auf.

„Er sieht aus wie ein Rockmusiker“, dachte Jessica. „Nein, ich denke nicht“, antwortete sie reserviert.

„Entschuldigung, das war unhöflich. Ich heiße Piero!“

Jessica nannte ihren Namen.

Der Zug fuhr ein. Beim Einsteigen gab es ein ziemliches Gedränge. Zum Glück hatte Klara ihr den Fensterplatz reserviert. Gerade als sie sich hingesetzt hatte, öffnete sich die Abteiltür und Piero stieg ein – zusammen mit einer ziemlich mitgenommenen schwarzen Reisetasche und einem Gitarrenkoffer, natürlich schwarz. Er lächelte Jessica an und setzte sich auf den Platz am Gang. Jessica sah ihn neugierig an.

„Bist du Musiker oder ist das nur Tarnung?“

Piero lachte. „Ich spiele Gitarre bei *Brutus' Heirs*.“

Jessica zog die Augenbrauen hoch. „Nie gehört.“

„Das glaube ich“, lachte Piero. „Du siehst nicht aus wie jemand, der Melodic Death Metal hört.“

Jessica rümpfte die Nase. „Ich höre überhaupt keinen Heavy Metal!“

Gleichmäßig rollte der Zug durch die zunehmende Dämmerung. Die ersten Sterne blinkten über den Salzburger Alpen auf. Jessica genoss die dahinplätschernde Unterhaltung mit ihrer gut aussehenden Zufallsbekanntschaft. Doch langsam wurde sie müde.

„Sorry, aber ich muss ein bisschen schlafen. Ich habe morgen noch einen anstrengenden Tag vor mir.“

Piero nickte. „Ich hoffe, dass wir morgen noch zusammen frühstücken. Ich lade dich ein!“

Jessica nickte. „So machen wir das!“

Kurz bevor sie einschlief, meldete sich ihr schlechtes Gewissen, weil die Akte immer noch ungelesen in ihrer Handtasche lag. Egal, die nette Unterhaltung war es wert. Außerdem hatte sie morgen noch genug Zeit. Nur schade, dass Piero nicht auch nach Elba fuhr, dachte sie.

Die Nacht war sehr unruhig. Durch die ungewohnten Geräusche des Zugs und das Gewackel war Jessica immer wieder aufgewacht. Gegen halb fünf war sie endgültig wach. Am Fenster zog die Landschaft an ihr vorbei, Häuser, Gehöfte und einzelne Zypressen. Italien!

Auch Piero erwachte. Der Zugbegleiter brachte Kaffee und trockene Kekse, die die beiden dankend ablehnten.

Kurz darauf erreichten sie Bologna. Wie versprochen führte Piero sie in eine wuselige kleine Bar, die trotz der frühen Stunde schon sehr gut besucht war. Es roch nach Espresso und frisch gebackenen Hörnchen. Sie tranken einen köstlichen, bitteren und cremigen Cappuccino zusammen. Danach verabschiedete sich Piero und verschwand in der Menge, nicht ohne sich noch ein letztes Mal umzudrehen und ihr zu winken.

„Schade“, dachte Jessica. „Vielleicht hätte ich ihn doch nach seiner Telefonnummer fragen sollen.“ Aber sie fragte fremde Männer prin-

zipiell nicht danach, das war ein eisernes Prinzip. Und jetzt war es zu
spät, davon abzuweichen.

Elba

Endlich konnte sie sich mit der Akte befassen. Sie las konzentriert.
Als sie fertig war, runzelte sie die Stirn und steckte die Akte wieder
weg. Ihr Chef hatte sich noch gar nicht wieder gemeldet, das war
seltsam. Sie rief ihn an, aber er ging nicht an sein Handy. Im Büro
war auch noch niemand.

Kurz vor neun Uhr erreichte sie Livorno. Es war schon richtig
warm. Die Sonne schien und der Himmel war blau.

„Azzurro", summte sie.

Auf dem Bahnsteig stand ein Mann in schwarzem Anzug, der ein
Schild mit *Kanzlei Berger* in der Hand hielt. Sie ging auf ihn zu. Er
begrüßte sie freundlich und war froh, dass sie ihn gut verstand. Er
erklärte ihr, dass der Klient ihn beauftragt habe, sie abzuholen, damit
sie nicht das letzte Stück mit dem Bus fahren müsse.

Sie stieg in den klimatisierten Luxus-Mercedes. Durch die getönten
Scheiben konnte sie kaum etwas sehen. Nach einer Weile erreichten
sie den Fährhafen von Piombino. Der Mann fuhr, ohne anzuhalten,
auf die Fähre hinauf, an allen anderen Fahrzeugen vorbei. Jessica war
erst einmal mit einer Fähre von Dünkirchen nach Dover übergesetzt,
aber das war kein Vergleich. Diese Fähre war kleiner, aber schneller.

Das Meer war ruhig und tiefblau, die Luft war warm. Sie hatte
auf der Fahrt hierher im Internet gelesen, dass man manchmal sogar
Delfine oder Wale sehen konnte. Heute allerdings nicht. Die Insel
kam näher. Der Geruch von Schiffsdiesel und Salzwasser fühlte sich
an wie Urlaub.

„Die Insel liegt im Meer wie ein Dinosaurier", dachte sie.

Die Häuser waren hübsch und leuchteten in den verschiedensten
Ziegeltönen. Je näher sie kamen, desto stärker nahm sie den würzi-
gen Duft der Macchia wahr.

„Herrlich", dachte Jessica. „Schade, dass ich nur ein paar Tage bleiben kann."

Nachdem das Schiff angelegt hatte, fuhren sie wieder als Erste von
der Fähre herunter, danach brachte der Fahrer sie zu einem wunderschönen Haus in Portoferraio.

Jessica spürte ein nervöses Kribbeln, als sie die Marmortreppen des imposanten Palazzo in Portoferraio emporstieg. Der reiche Klient, Signor De Luca, war ein attraktiver Mann, ganz der Charmeur alter Schule mit schwarzen Augen und Lachfältchen. Er empfing Jessica mit einer Umarmung, die ein wenig zu lange dauerte, und einem Lächeln, das wohl das Herz jeder Frau höher schlagen ließ. Sie schmolz dahin.

Sein Anwesen war beeindruckend, gefüllt mit kostbarer Kunst und antiken Möbeln, die Geschichten aus alten Zeiten flüsterten. Er führte sie durch die Räume und erzählte von seiner Sammlung römischer Artefakte – alles legal erworben, wie er betonte.

Jessica wusste allerdings, dass De Lucas Namen in manchen Gerichtsakten auftauchte, die sie in ihrer Kanzlei gesehen hatte. Akten, die von Geschäften sprachen, die nicht im Sonnenlicht zu gedeihen pflegten. Sie fragte sich, welche Verhandlungen ihr Chef hier führen wollte.

In den folgenden Tagen war De Luca der perfekte Gastgeber. Die Insel Elba entpuppte sich als Ort von versteckter Schönheit und verborgenen Geheimnissen. Sie fühlten sich zueinander hingezogen, und manches Mal ertappte sich Jessica, wie sie den Gedanken genoss, eine Zukunft mit diesem Mann zu haben. Vielleicht war das das warme Mittelmeerklima oder das wunderschöne Ambiente? Ihr Chef war immer noch nicht angekommen. Deswegen lagen die Verhandlungen über die komplizierte Rückgabe von mutmaßlicher Beutekunst auf Eis.

Signor De Luca war weiter die Höflichkeit in Person, er zeigte Jessica die Insel, seine Weingüter und die Villa Napoleon. Trotzdem fühlte Jessica eine zunehmende Unruhe. Es waren ihr zu viele Männer in schwarzen Anzügen und schwarzen Sonnenbrillen, die in De Lucas Palazzo ein und aus gingen. Ihr wurde zunehmend mulmiger.

Die Tage vergingen wie im Flug. Sie war nun schon fast eine ganze Woche auf Elba. Langsam wurde es Zeit, an die Heimkehr zu denken.

An ihrem letzten gemeinsamen Tag hatte De Luca sie mittags in ein kleines Restaurant ausgeführt, um sich von ihr zu verabschieden. Auch er verließ Elba. Er musste für ein paar Tage nach Rom, geschäftlich. Allerdings natürlich nicht mit dem Zug, sondern mit seinem eigenen Flugzeug. Zum Abschied schenkte er ihr eine wundervolle goldene Kette.

Am Abend ging Jessica ein letztes Mal an den Strand. Das Meer rauschte und es roch nach Salz und Neroli. Die Zikaden zirpten wie jede Nacht. Sie saß am Rande der Klippe, die Landschaft leuchtete in der Abendsonne. Plötzlich näherte sich jemand.

Es war der Mann aus dem Zug, Piero. Er stand da, das letzte Abendlicht spielte in seinem Haar. Es stellte sich heraus, dass er in Wahrheit ein verdeckter Ermittler war, der De Luca beschattete. Der Zufall hatte sie im Zug zusammengeführt und nun schien das Schicksal erneut die Fäden zu ziehen. Piero entschuldigte sich für die Störung, doch Jessica spürte, dass dies kein Zufall war. Bezüglich De Luca hatte sie bereits Zweifel, nun verdichteten sich die Schatten zu Gewissheit.

„Schade, dass ich morgen schon wieder abreisen muss", seufzte Jessica.

„Bleib doch einfach hier!", schlug Piero vor. „Meine Eltern haben eine kleine Pension in Porto Azzurro. Dort kannst du wohnen."

„Vielleicht sollte ich wirklich noch ein wenig Urlaub machen, es ist so wunderschön hier."

„Du bist wunderschön", flüsterte Piero und strich eine Haarsträhne aus ihrem Gesicht.

Jessica Anspannung wich und machte Platz für eine sachte Nähe, die ehrlicher und wahrhaftiger war als jedes von De Lucas inszenierte Szenario. Als die Sonne den Horizont küsste, fanden auch ihre Lippen zueinander – ein Kuss, der wie eine sanfte Welle kam, ohne das Drama der Gezeiten.

Sie dachte an *A Wonderful Life*, ihren Lieblingssong von Brian Fallon. Genau davon hatte sie immer geträumt.

I want a life on fire, going mad with desire
I don't want to survive, I want a wonderful life

Pieros Lieblingssong war übrigens *Nothing else matters*, wie sie noch herausfinden würde.

Kay Pohlmann arbeitet bei einer großen Versicherung in Köln. Ihr erstes Buch „Mein Leben als Balljunge" hat sie 2023 veröffentlicht. Wenn sie nicht schreibt, liest sie. Sie lebt mit ihrer Familie und zwei Hunden im Rheinland und hört am liebsten Heavy Metal und Hard Rock.

Unerfüllte Sehnsucht

Du kamst …
Ich sah dich und verlor mein Herz an dich!
Meine Liebe zu dir …
Deine Liebe zu mir?
Wer bist du Fremder nur, dass ich dir mein ganzes Herz hingeben möchte, all meinen Verstand aufgebe für dich und mich voll und ganz ausgerechnet dir hingeben möchte? Doch total gehemmt und vollends schweigend stehe ich vor dir.

Meine Liebe zu dir? Allein in meinem Kopfe existiert sie und bläht sich nur in meinen eigenen Gedanken und Fantasien äußerst leidenschaftlich auf … Reines Wunschdenken also, nur eine Wunschvorstellung. Doch ich verspüre einen unbändigen, innigen Wunsch nach Liebe – nämlich nach deiner Liebe! Und doch ist es nur ein pures Wunschgefühl, von dir geliebt zu werden. Ein von Liebe erfüllter Wunschtraum. Drum tiefste Sehnsucht nach dir …

Aber wie kann ich dir dies nur mitteilen? Wie kann ich dir meine Gefühle nur übermitteln und offenbaren? Wie kann ich es dir nur sagen? Und dann auch noch: Ob du mich überhaupt verstehst? Mir glaubst und vertraust? Mich überhaupt magst? Mich gar auch liebst? Geschweige denn, mich auch so heißblütig liebst wie ich dich?

Ojemine …! Und du? Du ahnst möglicherweise von all dem gar nichts, oder doch? Vielleicht ein bisschen? Jedenfalls habe ich keine Ahnung, ob du mich wahrnimmst oder überhaupt wahrnehmen willst – geschweige denn, ob du meine Gefühle teilst beziehungsweise überhaupt teilen möchtest. Doch mein Verlangen jedenfalls ausgerechnet nach dir als Mensch, nach deinem Herz, meine Sehnsucht nach Liebe und Geborgenheit, wenigstens nach einer einzigen Umarmung mit dir ist riesengroß. Endlich Schutz und Halt in deinen Armen finden! Urlaub in deinen Armen zur Erholung von meinen schlimmen Lebenserfahrungen. Du und deine Liebe als mein überlebenswichtiger und alles entscheidender Rettungsanker für mein weiteres Leben. Du und deine Liebe als meine kleine wundersame

Rettungsinsel in all meiner schlimmen seelischen Not, einem riesengroßen Meer voller Tränen und tiefer Traurigkeit. Du und deine Liebe zu meiner Genesung. Du und deine Liebe! Wie wäre das doch so schön – zumindest für mich. Damit endlich wieder Sonnenschein und Herzenswärme sowie auch Freude und pure Lebenslust in meinem Leben wieder Einzug halten könnten. Du und deine Liebe als die Lösung aller Lösungen, als meine Notlösung für all die gravierenden Probleme meines Lebens und die Befriedigung meiner existenziellen Bedürfnisse und Sehnsüchte. Du und deine Liebe als meine einzige Option, meine einzige Chance auf eine bessere Zukunft und ein erfülltes Leben. Ausgerechnet du bist für mich nämlich der eine, der den Unterschied aller Unterschiede in meinem verkorksten Leben ausmacht – nämlich den Unterschied zwischen lang ersehntem Lebensglück und ewiger Verdammnis! Du jedenfalls bist für mich die eine einzige, von mir aus tiefstem Herzen heraus auserwählte Person, die eine entscheidende Wende zum Guten in mein Leben bringen könnte. Doch du? Du willst partout keinen Kontakt mit mir, suchst sogar immer das Weite von mir – als wenn du die Flucht vor mir ergreifen würdest, dabei anscheinend wohlwissend um meine gefühlte Hilflosigkeit beziehungsweise Ohnmacht und immensen Sehnsucht nach deiner heilvollen Rettungstat. Das Allerschlimmste für mich: Du bist mir räumlich so unheimlich nah und doch gleichzeitig irgendwie so entsetzlich fern!

Du wahrest deine Distanz. Deine Eitelkeit dich umhüllt. Du bist wie ein unerreichbarer Stern am Himmel. Ich sehe dich Tag für Tag und denke an dich Nacht für Nacht. Ich könnte nach dir greifen und würde dich dennoch nicht zu fassen bekommen. Denn heilig du bist! Gott dich behütet – und auch meine Liebe schützt? Schau ich nachts zu dem einen großen und sehr hell leuchtenden Stern da droben links oben am Himmelszelt, so denke ich jedenfalls stets an dich. Denn ich wäre so gern bei dir! Aber vergeben du schon lange bist …

Daher ist in deinem Leben wohl einfach kein Platz für mich. Und in deinem Herzen anscheinend auch nicht. Dann bin ich wohl verbannt und verdammt in alle Ewigkeit … wie einst Napoleon auf Elba. Und für immer alleine!? Und vom Liebesglück endgültig ganz vergessen!? Und vom Lebensglück sowieso!?

Juliane Barth, Jahrgang 1982, lebt im Südwesten Deutschlands.

Zufallsbegegnung

„Clara?“

Sie hatte nichts anderes vorgehabt, als sich durch die Menschenscharen zu drücken, um schnell zurück zu ihrem Mietwagen und in den ruhigen Kokon ihrer Unterkunft zu schlüpfen.

Portoferraio, vom Reiseführer als malerisch und idyllisch beschrieben, entpuppte sich im August zur Mittagszeit als ein Wirrwarr von verstopften Straßen, von schweren Essensaromen durchzogen – und laut. In der Stadt herrschte eine Hitze, die Clara alle paar Minuten zu ihrer Wasserflasche hatte greifen lassen, bis die Flasche leer war. Jetzt war sie am Meer. Dort, wo die Jachten gemütlich auf dem Blau des Wassers schaukelten. Hier herrschte zwar nicht weniger Gedränge, aber wenigstens wehte ab und an eine Brise über das Mittelmeer und vermittelte die Illusion von Frische.

Der Mann vor ihr. Irgendetwas in ihrem Herzen reagierte. Der Mann mit dunklen Haaren, an den Schläfen vom ersten Grau durchsetzt, noch dunkleren Augen, die sich förmlich in sie zu bohren schienen, mit nachtblauen Shorts, weißem Hemd, dessen Ärmel hochgekrempelt waren, brachte etwas in ihr zum Schwingen. Ein Tourist? Italiener?

„Bestimmt kein Deutscher“, jagte ein Gedanke nach dem anderen durch ihr Gehirn. Und der Mann kannte ihren Namen.

Wer war er?

Während er erwartungsfroh vor ihr stand, an seiner schicken Sonnenbrille herumnestelnd, als benötige er etwas, um seine Hände zu beschäftigen, kramte sie weiter in ihrem Gedächtnis, aber kam zu keinem Ergebnis. Nein. Sie kannte den Mann nicht. Die Hitze, die Menschenmassen, die Lautstärke – alles vergaß sie für den Moment, in dem es nur sie beide gab, und dieses Ereignis füllte die eine Minute, in der sie schweigend voreinander standen.

„Ein Mann, mit dem man schweigen kann“, dachte sie. „Wie interessant.“

Sein Lächeln wurde breiter, als könne er nicht glauben, dass sie allen Ernstes nicht wusste, wer er war. Aber, Hand aufs Herz, hätte sie ihn jemals gesehen, hätte sie sich bestimmt an ihn erinnert. Dieses Gesicht, den ganzen Mann vergaß eine Frau bestimmt nicht.

„Du weißt wirklich nicht, wer ich bin?!"

Er sprach passables Deutsch. Nein, er sprach hervorragendes Deutsch. Sie hätte auf Italienisch keinen vergleichbaren Satz herausgebracht. Nicht einmal ansatzweise.

„Ich habe dich gleich erkannt. Du hast dich kaum verändert."

Eine Möwe wagte ein riskantes Flugmanöver und streifte sie beinahe mit dem Flügel. Eine Windbö ließ die Segel an einer der Jachten, die fertig zum Auslaufen lag, knattern. Er musste sie mit jemandem verwechseln. Vielleicht hatte er Chiara gesagt, den Namen hörte sie hier ständig, und sie hatte Clara verstanden.

„Clara, ich gebe dir einen Hinweis …"

Nein, keine Verwechslung. Clara.

„Sommer 1995."

Mit dem Handrücken wischte sie die Schweißperlen von der Stirn, während Bilder in ihr hochstiegen. Juni 1995. Ein Schüleraustausch. Nach Bologna. Das vorletzte Jahr an der Schule. Ständig waren sie in einer großen Gruppe junger Menschen unterwegs gewesen. Mit vielen Italienern. Und es hatte den einen oder anderen harmlosen Flirt gegeben. Nichts, was dreißig Jahre später noch einen Eindruck hinterlassen hatte. Zumindest nicht bei ihr. Und auch sonst …

„Ich bin Salvatore, der Bruder von Elena!" Sein Lächeln, warm und breit, ruhte auf ihr.

Salvatore. Elena, ihre Gastschwester. *Der* Salvatore? Der unscheinbare Bücherwurm, der das Gedruckte nie aus der Hand gelegt hatte. Etwas, was sie fest in ihren Erinnerungen verriegelt hatte, um nie wieder daran zu denken, wurde urplötzlich gesprengt. Salvatore. Mit dem sie getanzt hatte, bei dieser Open Air-Disco. Und den sie heiß geküsst hatte. Nun ja, weil sie eine Wette in ihrer deutschen Gruppe abgeschlossen hatten, eine Wette, die Clara hatte gewinnen wollen. Niemand brachte den faden Bücherwurm zum Tanzen geschweige denn zum Küssen. Aber sie, Carla, hatte es geschafft.

Die folgenden Tage bis zur Abreise hatte Salvatore sie ins Kino, Theater, Restaurant einladen wollen, war wie eine Klette gewesen, die sich erst abschütteln ließ, als sie ihm schonungslos offen von der Wette berichtet hatte. Die Kränkung, seine Enttäuschung – sie hatte ihr Verhalten damals bereits bereut … Umso schlimmer, dass sie sich nicht entschuldigt, sondern ihn verspottet und weiter verletzt hatte. Abgrundtief schämte sie sich dafür. Noch immer.

Und jetzt stand er vor ihr.

Salvatore.

Unmöglich, diesen Mann mit dem Jungen von damals in Einklang zu bringen.

Sie stieß die Luft mit einem lauten Seufzer aus. „Ciao, Salvatore!"

„Ciao, Clara!" Erfreut, dass sie sich erinnerte, begrüßte er sie mit Küsschen rechts und links auf die Wangen. Neben ihnen drängte sich eine Familie mit Kühltaschen und Körben vorbei, um auf den Steg zu ihrem Boot zu gelangen. Der Hund, ein weißer Retriever, watschelte laut hechelnd hinter seinen Menschen her. Dem Armen musste entsetzlich heiß sein unter dem dicken Fell.

„Du schuldest mir noch eine Verabredung von damals", sagte Salvatore und setzte seine Sonnenbrille auf.

„Ist das nicht verjährt?"

„Manche Dinge verjähren nicht", stellte Salvatore klar und bat sie um ihre Handynummer, da er weitermüsse. Seine Familie …

Irgendetwas bewog sie, genau das zu tun, was er wollte. Sie gab ihm ihre Handynummer und ignorierte das Gefühl, das sich bei der Erwähnung seiner Familie in ihrem Magen breitgemacht hatte.

Was wollte Salvatore, nachdem sie ihn damals so unverschämt behandelt hatte? Warum wollte er sich unbedingt mit ihr zum Essen treffen? Noch dazu alleine. Seine Familie, seine Eltern und eine Tante, folgten einer Einladung von Freunden. Das hatte er ihr am Telefon gesagt.

Nein, nichts war verjährt. Ihr schlechtes Gewissen hatte sie den gesamten Nachmittag über beschäftigt. Und das Mindeste, was sie Salvatore schuldete, war eine ehrliche Entschuldigung. Aber irgendetwas stimmte nicht, sagte ihr ein Gefühl. Ratlos zupfte Clara an ihrem roten Hemdblusenkleid, als sie vor dem Hotel auf ihn wartete.

„Du hast ein Date", flüsterte eine Stimme in ihrem Kopf, „mit einem attraktiven Mann!" Ein lauer Sommerabend, gutes Essen, Wein. Die perfekte Kulisse.

„Sei vorsichtig", mahnte eine andere Stimme. „Du kennst ihn nicht wirklich. Und überhaupt, was soll das nach dreißig Jahren?"

„Clara!"

Offenbar war sie so in Gedanken versunken, dass sie nicht gemerkt hatte, dass Salvatore sich näherte.

Sie blinzelte ihn an. Helle Leinenhose und ein dazu passendes Hemd trug er zusammen mit seinem Komm-lass-uns-die-Welt-vergessen-Lächeln im Gesicht.

Es war an der Zeit.

Clara vergaß die Welt.

Es duftete nach Pinien, Rosmarin, Thymian und einem Hauch Feuchtigkeit, die aus der Erde der Weinberge, die sich an die Terrasse anschlossen, stieg, während die Zikaden ihr ewiges Lied sangen. Salvatore hatte ein kleines Restaurant, dessen Besitzer Gianni er kannte – wie er überhaupt die halbe Insel zu kennen schien –, im Landesinneren ausgesucht und Clara war ihm dankbar, sich nicht erneut in den allabendlichen Touristenstrom an den Küsten begeben zu müssen.

Nachdem das Glas Prosecco geleert war, hatte sie sich ein Herz gefasst und sich bei Salvatore für ihr damaliges Verhalten aufrichtig entschuldigt. Für den Bruchteil einer Sekunde war in seinen Augen etwas, das Clara nicht hatte deuten können, aufgeblitzt und er hatte geschwiegen, als hatte er ernsthaft überlegen müssen, ob er ihr vergeben könnte, bevor er sagte, dass inzwischen alles vergessen sei. Erst danach war die Anspannung von Clara abgefallen.

Jetzt lehnte sie sich in ihrem Stuhl zurück, nachdem sie den letzten Bissen des Desserts, dem Schiaccia briaca, eine Spezialität der Insel, verdrückt hatte. Der pinkfarbene Kuchen mit Rotwein war der krönende Abschluss eines wunderbaren Menüs gewesen. Clara und Salvatore hatten sich unterhalten, die dreißig Jahre, in denen sie nichts voneinander gehört hatten, mit Leben gefüllt. Interessen, Arbeit, Hobbys, Reisen. Träume. Wünsche. Hochzeit und Scheidung hatten sie beide erlebt. Höhen und Tiefen. Sie hatten viel gelacht. Immer wieder gelacht. Sie sprachen über die Insel, landeten bei Napoleon und Salvatore hatte ihr daraufhin von seiner Verbannung auf die Insel Elba erzählt. Jeden Sommer kam er zweieinhalb Monate hierher, um zu schreiben. Aus dem Bücherwurm von damals war ein erfolgreicher Journalist und Schriftsteller geworden.

Im Gegenzug hatte sie ihm lachend von dem unglaublichen Vorkommnis, das sie nach Elba verschlagen hatte, berichtet. Lust auf eine Verbannung der besonderen Art? Mit dieser E-Mail, die in ihrem Posteingang gelandet war, hatte eine kleine, verrückte Geschichte begonnen. Sie habe eine Reise bei einem Preisausschreiben gewonnen. Wobei sie sich gar nicht an dem Preisausschreiben beteiligt hatte. Wahrscheinlich steckte ihre beste Freundin dahinter, die es zwar verneinte, und eine riesengroße Portion Glück.

„Schöne Geschichte", sagte Salvatore und hielt ihren Blick fest.

Als Gianni ihnen den Espresso unter dem blinkenden Sternenhimmel servierte, schoss ihr durch den Kopf, dass sie nicht wollte, dass dieser Abend endete. Sie fühlte sich glücklich. Und das lag nicht nur an der zauberhaften Umgebung, sondern in erster Linie an Salvatore. Sie war dem Schicksal zutiefst dankbar, dass es sie noch einmal zusammengeführt hatte.

Als ihr Gegenüber sich erhob und verschwand, um die Rechnung zu begleichen, trat Giannis Frau an ihren Tisch und fragte, ob es Clara gefallen habe. Sie bejahte freudig und lobte das hervorragend zusammengestellte Menü.

Giannis Frau lachte. „Seit einem halben Jahr hat Salvatore darüber nachgedacht, es immer wieder umgestellt, damit es für Sie perfekt ist."

Ungläubig schaute Clara Salvatore an, als er sich wieder zu ihr setzte. Die Freude, die bis vor wenigen Minuten auch sie gefühlt hatte, stand ihm ins Gesicht geschrieben. Es würde sich gleich ändern, dachte sie.

„Hast du das alles von langer Hand geplant?" Sie musste Gewissheit haben.

Das Lächeln wich aus seinem Gesicht.

„Was für ein Spiel ist das, Salvatore?"

Salvatore blickte einmal in den Nachthimmel und sagte dann: „Das Spiel ist beendet!"

„Du …" Clara stach mit dem Zeigefinger nach ihm. „Von wegen Zufall!" Sie schnaubte. Und auf einmal war sie sich sicher, dass Salvatore das, wie auch immer, mit dem Preisausschreiben eingefädelt hatte.

Salvatore hob die Hände, als ergebe er sich. „Ich entschuldige mich!"

„Aber ich nehme die Entschuldigung nicht an!" Clara schüttelte den Kopf. In ihr kochte die Wut.

Aus der Ferne drang das Bellen eines Hundes zu ihnen. Kurz darauf schien ihm ein Artgenosse aus den Bergen zu antworten. Der aufmerksame Hund des Hauses, ein wunderschöner Segugio Maremmano, der ihnen zu Füßen lag, knurrte leise.

„Ich habe dein Foto zufällig im Internet entdeckt", begann Salvatore. Als wäre das eine Erklärung.

„Zufällig?", fragte sie scharf.

„Okay, ich habe dich gegoogelt. Anlass war ein Zeitungsartikel über Hotels."

Sie nickte. Im letzten Jahr hatte einer ihrer Entwürfe für die Gestaltung der Dachterrasse eines Stadthotels für Aufsehen gesorgt. Sie bezweifelte allerdings, dass dieses Vorkommnis es in die italienische Presse geschafft hatte. Aber sie war gespannt, wie die Geschichte weiterging.

„Ich habe dich sofort wiedererkannt. Das Mädchen von damals. Meine erste Liebe. Das Mädchen, das mich zutiefst verletzt hatte. Urplötzlich kam mir die Idee, ich könnte es dir heimzahlen. Eine kleine Rache. Nicht ehrenhaft." Er kratzte sich am Kopf. „Vielleicht war es nicht Rache, sondern vielmehr der Wunsch, dich wiederzusehen … Ich mache es kurz: Ich wollte es wie einen Zufall aussehen lassen. Ein Freund, in dessen Hotel du nun wohnst und der meine wahren Beweggründe nicht kannte, schlug vor, dich einzuladen. Aber das erschien mir zu banal, zu plump. Also habe ich mir das mit dem Preisausschreiben überlegt."

Claras Wut fiel wie in Kartenhäuschen in sich zusammen und sie musste innerlich lächeln. Kreativ war Salvatore in jedem Fall. „Hättest du nicht einfach anrufen können?"

„Ich bin Italiener. Ich bin nicht geradlinig wie du!"

„Und wie sieht deine Rache aus?"

„Verbringe die nächsten Tage mit mir in der Verbannung."

Wow! Er konnte doch geradlinig sein. „Ich glaube, das ließe sich machen."

Bettina Schneider: *Jahrgang 1968, lebt in Berlin, verheiratet, zwei Kinder, Studium der Betriebswirtschaftslehre, im Anschluss zehn abwechslungsreiche Jahre im Rechnungswesen in der Privatwirtschaft, heute Freiraum für kreative Tätigkeit. Sie schreibt mit Begeisterung Kurzprosa, einiges davon ist veröffentlicht.*

Die Engel-Chroniken
Mission Elba

Erinnert ihr euch noch an die letzten beiden Schutzengelfälle, die beides hoffnungslose Fälle in Sache Liebe waren, doch dank der Hilfe der Schutzengel aus dem Himmel beide einen Partner finden konnten? Über allen Engeln stand Engelchefin Martina. Sie verteilte Fälle an ihre Schutzengel. Welcher Schutzengel wohl heute einen Fall erhält?

Schutzengel Mercurius galt als Sportskanone unter den Engeln. Ja, auch im Himmel gab es in der Freizeit Möglichkeiten, sportlichen Aktivitäten wie Fußball oder Schwimmen nachzugehen. Mercurius tauchte am liebsten. Doch darüber kam er häufig zu spät zur Fallaktenannahme, denn Mercurius tauchte manchmal auch bereits früh am Morgen – und zu dieser Zeit verteilte Martina in der Regel neue Fälle an ihre Schutzengel.

„Hoffentlich schaffe ich es noch pünktlich", japste Mercurius, während er den Gang zu Martinas Büro entlanglief. Aus Unachtsamkeit rannte er direkt in Martina hinein, woraufhin sie ihren Aktenberg fallen ließ.

„Auch das noch", entglitt es Mercurius.

Martina blickte ihn wütend an. „Ach, Mercurius", seufzte sie. „Was soll ich nur mit dir machen? Du kommst zu oft zu spät. Meine Zeit für die Abholung eurer Fälle ist doch sehr begrenzt. Ich war bereits auf dem Weg zu Sekretärengelin Melinda. Sie wartet auf die erledigten Akten von gestern. Nun liegen diese alle verstreut auf dem Boden."

„Es tut mir leid, Martina. Wirklich. Kann ich das irgendwie wiedergutmachen?"

Martina überlegte. „In der Tat. Ich habe einen Fall erhalten, der eigentlich für dich geeignet sein könnte. Gerade geschieden, aber ein Sportsfreund. Manchmal überschätzt er sich. Es kann gut sein, dass er sich in seinem geplanten Urlaub auf der Insel Elba mit Aktivitäten überschätzten wird. Mithilfe meines magischen Fernrohrs konnte ich einen Blick in seinen Plan werfen. Ich mache mir Sorgen, dass ihm etwas unterwegs passiert. Kannst du ihn etwas im Auge behalten? Wenn nichts passiert, umso besser."

„Klar übernehme ich den Fall", lächelte Mercurius.

„Schön. Ich hole noch gerade die Akte aus dem Büro. Würdest du in der Zwischenzeit diese Akten hier aufsammeln und zu Melinda bringen? Ich komme ebenfalls dorthin und überreiche dir die Schutzfallakte dort."

Mercurius brauchte eine Weile, bis er alle Akten eingesammelt hatte. Im Anschluss machte er sich auf direktem Wege zu Melindas Büro.

„Lass raten, Mercurius", sagte Melinda, als sie Mercurius mit den Akten eintreten sah. „Du bist zu spät dran gewesen, in Martina hineingelaufen und die ganzen Akten sind heruntergefallen. Richtig?"

„Leider, ja. Entschuldige bitte, Melinda."

„Gib sie bitte rüber. An dieser Situation kann man ja jetzt leider nichts mehr ändern."

Mercurius reichte Melinda die Akten. „Ich soll hier auf Martina warten. Sie wollte mir noch einen neuen Fall mitgeben."

„Dann setz dich ruhig."

Keine zehn Minuten später betrat Martina Melindas Büro. Beide Engelinnen grüßten einander innig. Sie waren gut befreundet und verbrachten oft ihre Freizeit miteinander.

„Ich bin gerade dabei, das Chaos zu bereinigen, das Mercurius angerichtet hat", berichtete Melinda.

„Danke, Melinda. Es kommt bestimmt nicht wieder vor. Richtig, Mercurius?"

„Ich bin demnächst pünktlicher. Versprochen."

„Das hoffe ich", sagte Martina, bevor sie ihm die Akte seines neuen Falls überreichte. „Du wirst für die Dauer der Reise deines Schützlinges auf Elba wohnen. Ein Hotelzimmer ist bereits für dich gebucht. Behalte ihn im Auge. Vor allem, wenn er wandern und tauchen geht."

„Mache ich."

Kaum hatte Mercurius die Akte erhalten, schnippte Engelchefin Martina ihn weg. Keiner wusste, wie sie es anstellte, doch alle im Himmel wussten, dass Martina über diese Teleportationsmagie verfügte. Es war praktisch, denn so sparte Mercurius viele Stunden der Anreise.

Sein Schutzfall hingegen musste auf natürlichem Wege mit Transportmitteln anreisen, wofür ihm bereits einige Stunden am ersten Anreisetag wegfielen. Sein Name war Thomas Schütz. Er kam aus Frankfurt und reiste mit dem Flugzeug an. Es gab einen Nonstop-Flug von Frankfurt nach Pisa. Von Pisa aus reiste er weiter mit dem Bus. Kurz vor Elba musste die Busgruppe auf die Fähre warten, mit der sie übersetzten.

Gegen Mittag erreichte Thomas wie geplant das Reiseendziel, die Inselhauptstadt Portoferraio. Allein für die Besichtigung dieser Stadt sollte sich Thomas laut Reiseführer viel Zeit nehmen. Gleich nach dem Check-in in seiner Hotelunterkunft und seinem Zimmerbezug machte sich Thomas auf den Weg, Portoferraio zu erkunden.

Schutzengel Mercurius versuchte, ihn in Gestalt einer Möwe zu verfolgen. So konnte er ihn problemlos im Auge behalten und in der Nähe umherfliegen, ohne dass es Thomas auffiel. Normalerweise können sich Schutzengel nicht in Tiere verwandeln, doch zur Lösung seines Falles hatte Martina Thomas diese Gabe für die Zeitdauer des Falles verliehen.

Thomas spazierte an einem alten Hafenbecken entlang, bewunderte Fischerboote und blieb hin und wieder vor einem windschiefen Haus stehen, denn hier reihten sich einige dieser Häuser aneinander. Unterwegs fiel Thomas eine gut erhaltene Befestigungsanlage auf. Er las in seinem Reiseführer nach, dass diese aus dem 16 Jahrhundert stammte. Nach der Besichtigung der Befestigungsanlage schlenderte Thomas durch den historischen Kern von Portoferraio. Hier fand er Boutiquen, kleine Läden, unzählige Fischrestaurants und Bars. Alles zusammen vermittelte ihm mediterranes Flair.

In einem der Fischrestaurants bestellte er schwarzes Tintenfischrisotto. Darüber hatte er im Reiseführer gelesen. Elba sollte für dieses Gericht bekannt sein. Ebenso aber für Gurguglione, eine Spezialität auf Gemüsebasis, und Pfeilkalmare. Früher oder später würde er diese Gerichte auch noch probieren.

Gesättigt spazierte Thomas durch die Plazzina dei Mulini. Die Panoramagärten dieser einstigen Residenz Napoleons zogen Thomas in ihren Bann und ließen ihn für die Zeit des Spazierganges seinen Groll auf seine Ex vergessen. Der Urlaub war das Beste, was er machen konnte, um seinen Kopf frei zu kriegen. Er hatte eine Woche Zeit und würde jeden Tag Touren machen.

Am Abend fiel Thomas müde ins Bett. Er bemerkte nicht einmal, dass eine Möwe durch das offene Fenster flog und gierig ein Stück Schokolade verschlang, bevor sie auf den Balkon flog und dort die Stellung hielt, bis Thomas eingeschlafen war. Danach suchte die Möwe in Gestalt eines Engels das eigene Zimmer auf.

Für den zweiten Tag stand eine Küstenwanderung auf dem Plan. Sie zählte mit zu einer der besten Aktivitäten von Elba. Kurz nach dem Frühstück verließ Thomas die Stadt mit dem Bus, um nach Zanca zu fahren. Von hier aus sollte die Wanderung entlang der Küste bis Marcina möglich sein. Von der Bushaltestelle der Hauptstraße am Dorfeingang ging es gleich nach links und stetig bergab Richtung Meer. Thomas' Weg führte einen schmalen Pfad an der Küste entlang, bis er den Strand des Ferienortes Sant' Andrea erreichte. Der Pfad ging in einen Felspfad über, der mit Drahtseilen gesichert war. Ein wenig unwohl fühlte sich Thomas nun schon, doch wenn diese Wanderung als sicher im Reiseführer ausgeschildert war, so würde ihm schon nichts passieren. Bei der kleinen Bucht La Cala führte der Wanderweg noch einmal abwärts, um anschließend wieder leicht anzusteigen. Thomas merkte nun, dass er nicht ganz in Form war. Er musste häufiger Pausen einlegen, als ihm recht war.

„Was zum ...?“, fragte Thomas, als ihm ein weißer Klecks auf die Schulter fiel. Verärgert schaute er nach oben. Eine Möwe flog über ihm. „Kannst du dein Geschäft nicht woanders erledigen?“, rief Thomas?

Die Möwe schien unbeeindruckt.

„Warum rede ich eigentlich mit dem Vogel?“, fragte sich Thomas selber. „Die versteht mich ja doch nicht.“ Mit mehreren Taschentüchern wusch sich Thomas den Klecks von seinem T-Shirt. Wie gut, dass das Meer nur wenige Meter von seinem Wanderpfad entfernt war.

Irgendwann setzte Thomas seinen Weg fort, der nun wenigstens durch schattige Wälder führte. Trotz Herbst war das Wetter sehr warm. Aber wenigstens war der Herbst eine angenehme Zeit für Wandertouren, so hieß es im Reiseführer. Das war auch der Grund, warum Thomas für den nächsten Tag noch eine weitere Wanderung zum Monte Capanne geplant hatte. Ob er dafür weiter anreisen musste oder nicht, war ihm egal. Die Insel war insgesamt 224 Quadratkilometer groß und Thomas wollte in der Woche so viel wie möglich von ihr sehen. Der Monte Capanne war mit seinen 1019 Metern der höchste Berg von Elba. Entweder konnte man ihn mit einer Seilbahn erreichen oder mittels sechs verschiedener Wanderwege erklimmen.

Thomas entschied sich, vom Bergdorf Poggio aus zu starten. Von dort aus war der Wanderweg bereits angeschlagen, aber vorsichtshalber war Thomas auch mit GPS unterwegs. Über große Steinstufen führte ein Pfad aus dem Dorf heraus und es ging nun für Thomas stetig berghoch. Er kam leicht ins Schwitzen. Zwischendurch blieb er oft stehen, um etwas zu trinken. Wenn er den Reiseführer vorher nicht gelesen hätte, hätte er bestimmt nicht viel eingepackt, doch so war er vorgewarnt gewesen, dass es nicht schaden konnte, für die Wanderung zum Gipfel genügend Wasser dabei zu haben.

Ab einer gewissen Höhe bemerkte Thomas, dass die Vegetation um ihm herum immer spärlicher wurde. Es gab fast nur noch Gräser und stachelige Zwergginster. Oben angekommen, wurde Thomas mit einer atemberaubenden Aussicht belohnt, die man so nur bei klarem Wetter genießen konnte, denn er konnte bis zur Insel Korsika herübersehen. Darüber vergaß er fast die Zeit und schaffte es gerade noch zur letzten Seilbahnfahrt. Herunterwandern war ihm doch etwas zu anstrengend. Letztlich war er nicht gerade der geübteste Wanderer und die Höhenmeter unterwegs hatten ihn doch etwas geschlaucht.

So fiel er auch am zweiten Tag müde in sein Bett, ohne zu bemerken, dass sich eine freche Möwe die Reste eines liegen gebliebenen Stück Apfelkuchens klaute. Zufrieden schmatzend genoss Mercurius in Form der Möwe seinen Leckerbissen. Bisher lief alles einfach nur reibungslos. Die Zeit verstrich, ohne dass irgendetwas passierte.

Für den fünften Tag hatte Thomas eine Tauchtour geplant. 1972 war ein Frachtschiff an der Ogliera Klippe vor der Westküste Elbas gekentert. Das Schiffswrack lag nur zwölf Meter tief. Neben dem Wrack wollte Thomas mit seiner Unterwasserkamera Bilder von unterschiedlichen Fischarten einfangen, denen das Wrack ein geeignetes Mikroklima bot.

Eine Taucherausrüstung sowie ein Tretboot mit Glasboden konnte er sich bei einer Tauchschule leihen. Was Thomas nicht bedacht hatte, war, vor dem Tauchgang die Sauerstoffflasche zu kontrollieren. Normalerweise füllte die Tauchschule diese nach, doch man vertauschte versehentlich die Flasche und hatte Thomas eine mitgegeben, die nicht mehr genug Sauerstoff hatte.

So tauchte Thomas nichts ahnend bereits über eine längere Zeit, während er vom Tretboot aus durch Mercurius in Gestalt einer Möwe beobachtet wurde. Mercurius konnte mithilfe von Thomas' Armbanduhr, die er auf dem Nebensitz liegen gelassen hatte, erkennen, dass sich Thomas bereits sehr lange unter Wasser aufhielt. Sollte das so üblich sein? Er wurde unruhig und behielt Thomas weiter im Blickfeld.

Diesen beschlich bei seinem Aufstieg, einem besonders schnellen, plötzlich das merkwürdige Gefühl, dass ihm schummrig vor Augen wurde. Er merkte, wie ihm seine Kamera aus der Hand glitt und er mit ihr auf den Meeresgrund segelte, doch er konnte nichts dagegen tun.

Mercurius beobachtete weiterhin aufmerksam die Bewegungen von Thomas, und als er erkannte, dass dieser bewusstlos auf dem Meeresgrund lag, nahm er seine Engelsgestalt an, sprang in das Wasser hinein und schwamm mit Höchstgeschwindigkeit hinterher. Ein paar Sekunden später tauchte Mercurius mit Thomas im Arm an der Wasseroberfläche auf. Thomas' Körper war schlaff und sein Kopf hing herunter, doch zu Mercurius' Erleichterung konnte er Atemgeräusche hören, als er Thomas auf das Tretboot legte.

Als Thomas die Augen öffnete, konnte er gerade noch sehen, wie eine Möwe über ihn in den Himmel flog, nie wissend, dass diese sein Lebensretter war.

Vanessa Boecking: *Autorin verschiedener Genre. Bücher: „Damian, der Zauberer" (Fantasy), „Osiris, die Supermumie „ (Fantasy).*

Das Buch der vergessenen Geschichten

Zugegeben, das Cover wirkt ein wenig drastisch, denn wohl kaum jemand hat seine vor langer Zeit geschriebenen Geschichten auf einem mit Spinnweben überzogenen Dachboden gelagert. Oder doch?
Aber sicherlich hat jeder von uns, der literarisch tätig ist, in seiner Schreibtischschublade – oder seit einigen Jahren natürlich auch in den tiefsten Sphären seines Computers – all jene Geschichten gehortet, die er immer einem veröffentlichen wollte. Und dann doch nie dazu gekommen ist. Für all diese vergessenen literarischen Schriften öffnen wir künftig unser Geschichtenbuch „Das Buch der vergessenen Geschichten", eine neue Buchreihe. Senden Sie uns zu diesem Projekt Ihre Geschichten und Gedichte zu, die Sie schon immer einmal veröffentlichen wollten und die in Ihren Schubladen schlummern. Wir geben für das Projekt bewusst kein Thema vor, sondern lassen uns von der Vielfalt der uns übersandten Texte überraschen.

Einsendeschluss ist der 15. September 2024

Ein Buch geht um die Welt
Eine internationale Initiative von Papierfresserchens MTM-Verlag

Kinder auf der ganzen Welt vernetzen, sie zum Schreiben animieren und ihnen die Möglichkeit bieten, über ihr Leben, ihre Träume und Wünsche zu schreiben, das möchte die internationale Initiative „Ein Buch geht um die Welt" von Papierfresserchens MTM-Verlag erreichen.

Der Buchverlag mit Sitz am Bodensee in Deutschland hat aus diesem Grund Schreibwettbewerbe zu verschiedenen Themen ins Leben gerufen, an denen sich Mädchen und Jungen im Alter zwischen 6 und 14 Jahren aus aller Welt mit ihren ganz kleinen oder auch umfangreicheren Märchen und Erzählungen, Gedichten, Haikus oder Erlebnisberichten beteiligen können. Auch Illustrationen dürfen eingereicht werden. An dem Buch mitwirken können zum einen Kinder, deren Muttersprache Deutsch ist. Aber es haben sich in den zurückliegenden Jahren auch immer wieder junge Autorinnen und Autoren an den Schreibwettbewerben des Verlags beteiligt, die Deutsch als Fremdsprache erlernen. Weltweit und über alle Kontinente wurden Schulen deshalb zu dieser Initiative eingeladen.

„Uns ist es wichtig", so Verlegerin Martina Meier, „dass die Kinder Spaß am Schreiben haben. Und wir wissen, dass viele unendlich stolz sind, wenn sie ihren Text in einem gedruckten Buch finden."

Einsendeschluss für die Wettbewerbe ist jeweils am **15. März** und am **1. November** eines jeden Jahres. Es werden bei den einzelnen Projekten immer ganz unterschiedliche Themen in den Mittelpunkt gerückt. Umfangreiche Informationen zu allen Projekten finden Interessierten unter

www.papierfresserchen.de